흔들리는 날에
흔들리는 나를

서영식 시인

2005년 시 「집시가 된 신밧드」로
매일신문 신춘문예에 당선돼 등단했다.
2009년 문예진흥기금을 받았으며
2010년 시집 『간절한 문장』이
문화예술위원회와 문학나눔 그리고
도서관 협회가 선정한 우수문학도서에 선정되었다.

작가는
일상 속에서 주목받지 못하고 묻혀버리는
삶의 의미를 찾아내 작품으로 구현하는데
탁월한 능력을 갖고 있다는 평가를 받고 있으며
독특한 시적 상상력을 통해
『흔들리는 날에, 흔들리는 나를』에서도
보통 사람들의 희로애락을
섬세하고 감동적으로 표현해냈다.

흔들리는 날에
흔들리는 나를

서영식 산문집

| 차례 |

나를 위로하고 싶을 때
글을 썼다.
그러니까 이 책에 담긴 이야기들은
쓸쓸한 날을 견딘 기록들이다.

생을 통틀어
가장 쓸쓸했던 나의 옛날과
일상의 사소한 것들이
나를 살게 했다.

당신도 그럴 것이다.
함께 견디자.

산은 나의 산이 아니고

누구나 비빌 언덕 하나는 마음에 두고 산다. 우리가 서러운
날엔 그 언덕에 기대 눈물을 닦고, 그 언덕의 힘으로 기운을
차린다. 나이가 든다는 말은 내가 점점 그 비빌 언덕이 되어
간다는 말인데 내가 누군가의 언덕이 되어가는 순간 나의
비빌 언덕은 점점 작아져 간다. 그러나 내가 비비고 싶었던
부모라는 언덕은 아주 옛날 옛적에 사라지고 말았는데,
이것은 그 언덕에 대한 이야기다.

우리는 우물이 있는 커다란 마당을 가운데 두고 단칸방들이 다닥다닥 붙어 있던 집에 살았다. 교통사고 후유증으로 다리를 잘 쓰지 못하는 아버지와 힘없는 엄마와 형과 누나 그리고 아홉 살의 내가 그 방에 엉켜 살았다. 단칸방 하나 먹여 살릴 돈이 없던 우리는 밀린 월세를 내지 못해 그해 겨울, 그 남루한 방에서 쫓겨나고 말았다.

보잘것없는 세간을 다섯 식구가 한 짐씩 나누어 지고 산길을 걸었다. 그 길은 나와 친구들이 여름날 멱을 감으러 다니는 길이었고, 그 길을 더 지나 고개를 넘으면 제법 산다는 친척 집이 있어 아버지는 우리를 그리로 데리고 가시리라 생각했다.

그러나 우리가 멈춘 곳은 산의 중턱, 작은 논들이 계단처럼 놓여 있던 곳이었다. 절벽을 닮은 산 논에는 추수를 끝내고 쌓아둔 짚단들이 있었는데 우리는 들개 떼처럼 짚단을 파고 들어가 그 밤을 났다. 세간은 논 한쪽에 쌓아 두고 멀찌감치 모닥불을 지펴 놓았다. 지푸라기 타는 냄새가 좋아서였을까. 나는 눈을 감고 거기서 영영 살아도 좋겠다는 생각을 했다. 사글세를 내지 못해 주인집 아들이 엄마에게 욕을 퍼붓는 일도, 대들던 나의 따귀를 때리고 부엌문을 떼 가는 일

도, 겨울 담요를 문 대신 걸어두고 소곤소곤 말해야 했던 일
도 그곳에선 벌어지지 않을 테니까. 그렇게라도 우리를 보
듬어 주는 산이 마치 우리의 오랜 핏줄 같았다.

우리는 짚단 속에서 아무 말도 하지 않았다. 때때로 침묵이
가장 큰 위로가 되기도 하니까. 나는 아무도 원망하지 않았
고, 하나도 불편하지 않았다. 그저 난생처음 밤의 고요와 밤
의 어둠에 놓여 있다는 사실이, 그 한뎃잠이 조금 두려울 뿐
이었다. 그때 바깥에서 타닥타닥 제 몸을 태우는 장작불 소
리가 났다. 그 소리가 내겐 토닥토닥, 등을 두드려 주는 소
리만 같아서 나는 이내 편안해졌다.

그날 후로 우리는 자주 장작불 냄새를 맡았다. 멀리서 작은
아버지가 달려와 함께 천막을 치고 구들도 놓았다. 그 후로
아궁이에 마른 솔가리로 불을 지피고 장작을 넣어 우리 가
족을 달래는 장작불 소리를 매일 들을 수 있었다. 그 장작이
그해 밥을 지어 주었고, 그해 겨울을 녹여 주었다. 바깥에는
눈이 내렸으나 천막 안은 따뜻했다. 나는 거기서 영영 살았
으면 좋겠다고 생각했다.

그러나 나의 바람은 그리 오래 가지 못했다.

산도 누군가의 것이어서 산 주인은 우리가 산 밖으로 나가
길 원했다. 그 산에 빌붙어 사는 새들과 짐승들을 나는 몹시
부러워하면서 산도, 내몰린 사람의 거처가 될 수 없다는 것
을 깨달으며 핏줄 같았던 산과 헤어져야 했다.

시다는 항상 웃어야 하고

우리는 동사무소에서 마련해준 집 같은 집으로 내려왔다. 거기도 단칸방이었으나 전기와 수도가 들어오지 않을 뿐 슬레이트 지붕 위로 아름드리 아카시아가 있는 향기로운 집이었다. 그 집에서 아버지는 조금씩 웃으셨다. 아랫집에서 전기를 내어주었고, 더 아래 친구 집에서는 우물에서 물도 길어갈 수 있게 해주었다.

근처 학교로 전학을 와서 새로운 친구들을 만났다. 삶에 제자리라는 것이 있다면 모든 것이 제자리를 찾아가는 듯 평안했다.

그러나 열두 살이 되던 해, 아버지가 갑자기 심장을 움켜쥐고 쓰러지셨다. 엄마와 형이 아버지를 흔들고 울부짖을 때 나는 이불 속에서 벌벌 떨며 난생처음 기도를 했다. 죽지 않게 해주세요. 죽지 않게 해주세요. 그러나 나의 첫 기도는 신에게 닿지 않았다.

그 후로 형은 작정이라도 한 듯 아버지 흉내를 냈다. 말투도 행동도, 그건 형이 아니라 아버지의 모습과 같았다. 그렇게 형은 열심히 공부하고 엄마를 돌봤다. 형이 믿음직스러워서 나는 더 어리광을 부렸다. 지붕 위로 뻗은 아카시아에서 봄이면 짙은 꽃 향이 났다. 향이 지면 한차례 꽃비가 내려 집은 온통 꽃밭이었다. 그렇게 사는 날들이 너무도 아름다웠다.

중학생이 되었다. 일 학년, 여름 방학을 했고 형은 방학도 없이 아침 일찍부터 공부를 하러 갔다. 엄마는 시장을 갔고 나는 집 청소를 했다. 그게 화근이었다. 엄마의 서랍에서 봉투 뭉치가 떨어졌는데 제법 두툼한 노란색의 그것은 스무 장은 되어 보이는 형의 월급봉투였다. 형은 학교에 다니고 있었던 게 아니었다. 나의 어리광이 너무도 부끄러워서 울었다. 그리고 시장에서 돌아온 엄마에게 봉투를 보여주며 나도 신발 공장을 나가겠다고 했다. 세상에 태어나 맞을 매가 정해져 있다면 그날 다 맞는 듯했다. 그러나 울지 않았다. 그건 울 일이 아니었는데 매를 내려놓으며 하시는 엄마의 마지막 말이 나를 울렸다. "네 형 저렇게 만들고 막내까지 학교 안 보내면 엄마를 뭐라 하겠노..."

다음 날 신발 공장을 나갔다. 열네 살 시다는 그날 첫 야근을 했으나 집에 가선 회식을 했다고 했다. 엄마는 별로 달가워하지 않았다. 그리고 나는 한 달에 사만 원짜리 적금을 들었다. 이가 없어 사과를 숟가락으로 긁어 드시는 엄마가 내내 걸렸기 때문이었다. 담임을 맡았던 국어 선생님이 공장을 찾아와 발칵 뒤집어 놓았지만 나는 계속 공장을 다녔다. 선생님이 엄마를 원망하셔서 나는 선생님께 조금 못되게 굴었다.

공장장이 귀에 못이 박히도록 일러주어서 나는 피타고라스의 정리보다 시다의 공식을 더 먼저 배웠다. 시다는 항상 일할 준비가 되어 있어야 한다. 시다는 항상 웃어야 한다. 그 후로 나는 두 마디 하면 한 마디는 웃는 사람이 되었고, 그 후로 나는 남들이 하나 하면 두 개 만들어 내는 빠른 손을 갖게 되었다. 그런 것이 사회생활이라면 하나도 두려울 게 없는 날들이었다.

이제 나도 비빌 언덕이 되었고

하루는 일을 하고 있는데 다급하게 사람이 찾아왔다. 엄마가 쓰러졌으니 어서 가보라고 했다. 달려가 보니 엄마는 집 아래 쓰러져 계셨다. 동네 사람들이 우르르 몰려와 있었는데 아무도 병원에 데리고 가지 않았다. 그중 한 아주머니는 엄마가 술을 마시고 누워있는 게 아니냐며 어서 데리고 가라고 했다. 나는 그 사람의 얼굴을 아직도 기억 한다.

동네 공업사 사장님의 트럭에 엄마를 태우고 병원에 갔다. 심각한 당뇨 합병증이라 했다. 엄마는 응급실에서 깨어나지 않았고 꼬박 일주일을 누워계셨다. 그해 엄마 나이는 마흔 셋이었다. 주위에서 등을 자주 닦아 드리라고 했다. 그러나 엄마의 등엔 이미 욕창이 생겨 있었다. 엄마는 병상에 누운 채로 몸 안의 통증과 몸 밖의 통증을 함께 앓았다.

그냥 학교나 계속 다녀 줄 걸, 그냥 학교나 계속 다녀 줄 걸. 실성한 아이처럼 혼잣말하고 다녔다. 후회라는 것이 그토록 가슴 아픈 일이라는 것을 사무치게 깨달았다. 병원비를 내라는데 돈이 없어서 엄마의 틀니 적금을 해약했다. 작은 구멍들이 뚫려 있는 통장을 쥐고 병원으로 갔다. 그런데 엄마 자리에 커튼이 쳐져 있었다. 분주한 의사들 사이 한 사람이 엄마의 심장을 짓누르며 멈춘 숨을 되돌리고 있었다. 아버지의 임종을 보며 떨었던 사지가 다시 떨려왔다. 나는 겨우 엄마 곁으로 갔다. 가서 흔들리는 엄마의 머리카락 몇 개를 뽑았다. 파마기가 다 풀려 있는 머리카락 몇 가닥을 꼭 쥐고 멀찌감치 떨어져 울었다.

열다섯 살. 그렇게 엄마도 보내고, 유산처럼 얻은 엄마의 머리카락을 꽁꽁 휴지에 싸서 영정사진 뒤에 넣어 두었다. 그래야 살 것 같았다. 부모의 죽음을 차례차례 겪기엔 너무도 이른 나이여서 내 남은 슬픔은 그해 모두 써버렸다. 사람들은 아버지를 화장했으니, 엄마도 화장해야 한다고 말했다. 나는 엄마의 무덤이 필요하다고 했으나 어른들은 안 된다고 했다. 실은 그건 안 되는 게 아니라 돈이 없어서 못 했던 것이었다.

나는 엄마의 무덤이 필요했다. 엄마라는 비빌 언덕마저 사라져 버렸으니까, 내가 힘들 땐 언제든 찾아가서 비빌 수 있는 그런 언덕 하나가 나는 절실했다. 살다가 살다가 도무지 못 살 것만 같을 때 거기 엎어져서 펑펑 울면, 한나절 가만히 나를 쓰다듬어 줄 것만 같아서 나는 엄마의 무덤이 간절했다.

그런 내 마음을 알았던 형은 가루가 된 엄마의 유골을 목과 겉옷에 발라주면서 울었다. 바람처럼 사라지지 말고, 차라리 몸으로 스며들어 주라고 형은 빌었으리라. 그 후로 우리는 서로 언덕처럼 살았다.

누구나 언덕을 잃고 홀로 언덕이 된다. 세상이 온통 언덕 천지라, 어쩌면 이 세상이 나의 비빌 언덕은 아닐까 생각했다. 삶에서 받은 상처가 단 한 번도 삶 아닌 곳에서 치유된 적 없었으니까.

나를 서둘러 떠난 내 불쌍한 언덕들에게 여기,
늦은 인사를 놓는다.

거기는 춥지 않고,
거기는 배고프지 않는지요.
나도 이제 언덕이 되었으니
부디 내게도 기대러 와 주시기를.

사랑합니다,
나의 언덕들이여.

흔들리는 게 아니라 흔드는 거예요
이렇게 아름다운 날들
축제처럼 춤을 추는 거예요

괜찮아요,
나는

흔들리는 날들

남산을 걸었던 적이 있습니다.
한적한 나뭇길을 걷고 걸어 올랐던 길.
오래전 새벽녘에 찾았던 고요한 남산은 없고
관광객만 가득한 낯선 남산에서
커피 한잔을 했습니다.

해는 어느새 뉘엿뉘엿 지고
남산에서 한 번도 타 본 적 없던
낯선 버스를 타고 내려왔습니다.
사람은 또 왜 그렇게 많던지 마땅히
잡을 손잡이 하나 없이 흔들리면서 왔습니다.

흔들리는 버스 안에서, 붙잡을 손잡이 하나 없이
가파르고 굽이진 남산길을 내려오던 길에
이런 생각이 들었습니다.

'흔들리는 날들 속에서 흔들리지 않는
이의 손을 붙잡을 수 있다는 건
얼마나 다행스러운 일일까.'

그 무렵, 머리 위에 손잡이가 하나가 나타났습니다.
얼른 그 손잡이를 잡으려 손을 뻗을 때, 보았습니다.
흔들리는 나를 꼭 붙잡아 줄 거라 믿었던 손잡이가
나보다 더 흔들리고 있는 것을요.
이쪽으로 저쪽으로 제 몸 하나 가누지 못하는 손잡이가
누구의 흔들림을 그치게 할 수 있을까.
흔들리는 나는 그 나약하기에 짝이 없어 보이는 손잡이를
꼭 붙잡아 주었습니다.

손잡이는 더 이상 흔들리지 않았습니다.
나의 흔들림도 제법 잠잠해지고 서로의 손을 붙잡은 채로
나도, 손잡이도 흔들리는 버스 안에서 든든했습니다.

세상에 흔들리지 않는 사람이 어디 있을까요.
흔들리고 있는 채로 더 흔들리고 있는 이를 향해
가만히 손을 뻗어 주는 일이 곧 사랑이 아닐까요.

내가 몹시 흔들리던 날,
나보다 더 흔들리던 당신이
가만히 나를 붙잡아 준 것처럼.

그리도 흔들리던 날들이 그 후로
잠잠해진 것처럼.

흔들리는 버스 안에서
나보다 더 흔들리던 손잡이를 잡았는데
아니 내가 손잡이를 잡아주었는데
희한하게도 흔들리지 않는 겁니다.
나도, 손잡이도.

잘 자라, 멍게

잠이 오지 않는 밤은 외롭다.
그럴 땐 애써, 함께 깨어 있는 사람을 생각한다.
잠을 이루지 못한 채
어둠 속에서 이리저리 뒤척이는 사람을 떠올리고
그래도 여의찮을 땐,
밤을 송두리째 잃은 백야의 사람들을 생각한다.

내가 절망에 가까워져 있을 때
나를 위로하는 것은 힘내라는 말이 아니다.
나와 같은 처지인 사람을 만나서
그도 꾸역꾸역 살고 있음을 확인하는 일이다.

눈을 뜨고 눈을 감아도 온통 어둠뿐인 불면의 시간에
잠들지 못하고 뒤척이는 사람을 생각하는 것도
그런 이유 때문이다.

몹시 외롭고, 막막하고, 지치는 날이 있었다.
직원들이 모두 퇴근한 사무실에 혼자 앉아
불을 끈 채로 한 덩어리 어둠이 되어 있다가
겨우 일어나 막차를 타러 가는 길이었다.

사무실을 걸어 나와 골목을 지날 때
한쪽 구석에 놓여 있는 정거장횟집의 수조를 보았다.
늘 스쳐 지나는 수조가 그날은 왜 그렇게 커 보였을까.

텅 빈 수조 안에는 멍게 한 마리가 가라앉아 있었는데
멍게를 보는 순간 나는 왜, 갑자기 울컥해져 버렸는지.
어쩌자고 멍게를 붙들고 엉엉 울고만 싶었는지.

수조 바닥에 가만히 가라앉아 있는 멍게와
세상에 납작 엎드려 가만히 살아 있는 내가 다르지 않아서,
온종일 멍게를 들쑤셨을 성가신 뜰채와
나를 들쑤신 성가신 하루가 다르지 않아서,
수조 속을 이리저리 굴러 간신히 살아남은 멍게의 밤과
만신창이가 되어 간신히 걸음을 떼는
나의 밤이 다르지 않아서
여기가 물인지 뭍인지 가늠할 수 없던 밤.

곤히 잠든 멍게를 흔들어 깨워
소주 한 잔 부어 주고 싶던 밤.

막차는 놓쳤으나 한없이 걸어도 좋았던 밤.
멍게에게 인사 하나 남기고, 그리도 편안했던 밤.

고맙다, 멍게.

잘 자라, 멍게!

안개 속에서

안개가 가득한 해안 길을 걷다가
안개에 가려져 보이지 않는 바다를 보았다.
눈앞이 캄캄하다는 말이 이런 걸까.
막막하다는 말이,
까마득하다는 말이 이런 걸까.

안개 속에 갇혀 본 사람들은 안다.
안개는 세상의 모든 것을 감추고
세상의 모든 길을 가린다는 사실을.
눈을 뜬 채로 아무것도 볼 수 없는
그 막막한 곳에서는
당연히 희망도 보이지 않는다는 사실을.
대개의 절망은 그때 찾아오는 법이라서
우리는 안개 속에서 희망을 잃고
주저앉기도 한다는 것을.

그러나 안개는
보이는 것을 잠시 가리고 있을 뿐
세상 그 어떤 것도 지우지 않는다.
머지않아 짙은 안개는 분명히 걷히고
그 자리에, 잃었다고 생각했던 희망이
거짓말처럼 나타난다.

그 누구도 오는 안개를 막을 수 없듯
안개 속에서 우리는 모두 무능해질 뿐이다.
그러니 안개 속에서 눈앞이 막막한 그대는
아무 걱정하지 마시라.
그대의 무능을 자책하지도 마시라.

지금의 막연은
결코 오래 가지 않는다.

썰물의 시간

"면접에서 떨어졌어.
미안해, 취하고 말았네.
내일 이야기하자…"

맞은편에 앉아 통화를 하던 사내는
금방이라도 눈물을 쏟을 것만 같았다.
누군가에게 가까스로 미안하다는 말을 전하고
한참을 전화기만 만지작거리다가 사내는 잠이 들고,
간신히 가누고 있던 고개는
옆 사람의 어깨로 스르르 무너진다.

그렇게 몇 정거장이 지나도록 사내는 깨지 않고
어깨를 내어준 사람은 미동도 없다.

그도 사내의 통화를 들었기 때문이리라.

면접에서 떨어지고 누군가에게 사과해야만 하는
사내의 마음을 그도 조금이나마 달래주고 싶었으리라.
빈손으로 나가서 빈손으로 돌아가야만 하는
빈손의 허무와 빈손의 허기가
얼마나 쓰린 일이라는 것을
어깨를 내어준 그도 알고 있었기 때문이리라.

그도 나처럼 사내를 위로하고 싶었으리라.
누구에게나 썰물의 시간은 있어서
바닥을 드러내는 날들이 오고는 한다고,
살아 내는 날들 속에서 그런 날은 수없이 찾아오고
어떤 날들은 하는 수 없이 견뎌야만 한다고,
그도 나처럼 사내를 보듬어 주고 싶었으리라.

그사이 또 한 정거장이 지나고
낯선 사람의 어깨에 기대어 단잠을 자는
사내의 표정이 아이처럼 편안해 보였다.

아름답다.
사람이 사람의 어깨에 기대어
다시 물이 차오르는 시간으로 건너가는 모습.

사람에게 찾아오는 썰물의 시간은
사람에게 기대어 건너야 한다.

아름답다

사람이 사람의 어깨에 기대어

다시 물이 차오르는 시간으로 건너가는 모습.

사람에게 찾아오는 썰물의 시간은

사람에게 기대어 건너야 한다.

이렇게 날면
하나도 외롭지 않지.

당신이 묵묵히 앞장서 준다면
당신이 든든히 곁을 지켜 준다면
거기가 아무리 멀고
거기가 아무리 험한 곳이라 할지라도

우리는
하나도 힘들지 않지.

바닥이라는 비상구

오래 전 한 편의 다큐를 보았다.
우주복처럼 생긴 잠수복을 입고 깊은 바다로 들어가
물질을 하는 한 머구리에 대한 이야기였다.

납으로 만든 신을 신고, 납이 든 옷을 입고
온전히 납덩어리가 되어 깊은 바다로 가라앉는
머구리의 삶은 물속에서도, 물 밖에서도
무겁기는 매한가지로 보였다.

그는 북에서 왔다고 했다.
북은 북이라서 살기 힘겨웠다고 했고
남은 막막함에 살기 어려웠다고 했다.
삶은 갈수록 가라앉기만 하고
그보다 더한 바닥은 없는 것만 같을 때
그는 남에서 머구리 일을 할 수 있었다고 했다.
매일매일 사는 게 바닥이고 끝인 것만 같았는데

머구리를 해 보니 살길은 그보다 더 깊고 막막한
바닷속에 있더라고 했다. 그리고 그는 웃었다.

언젠가 떨어지는 빗물을 보며 이런 생각을 한 적이 있다.
빗물은 떨어져 온몸이 부서져도 멈추지 않는구나.
흩어진 빗물은 다시 몸을 추스르고 흐르는구나.
아직 바닥은 멀었다는 듯, 바닥을 더듬고 기어가면서
결국 바다로 이어진 길을 찾아 스며드는구나.

바닥으로 떨어져서
'끝장' 이라는 말을 떠올리는 사람에게
삶의 비상구는 완벽한 바닥,
그 아래에 있다는 이 말이
얼마나 큰 위안이 되고, 희망이 되겠는가.
산산이 부서지는 바닥 아래 살길이 있다면
그것만으로도 일어설 이유는 충분하지 않겠는가.

무거운 납 옷을 입고 깊은 물밑 같은 세상을 사는
세상의 모든 머구리들에게,
살길은 바닥보다 더 깊은 바닥에 있더라는
머구리의 말을 띄운다.

깊은 바닷속을 드나드는
머구리가 그러더라
여기가 바닥이고 끝인줄 알았는데
살길은 그보다 더 깊고
어두운 곳에 있더라고
바닥도 없는 바닷속에 있더라고

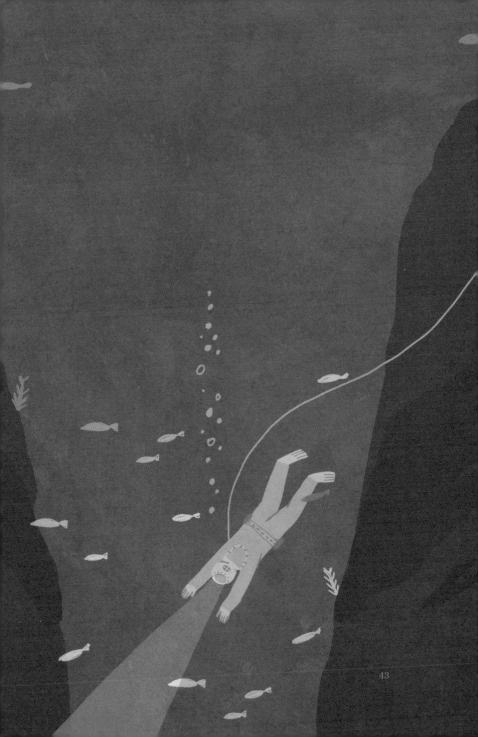

마음의 빈방

골목 한쪽에 세워진 게시판 가득
빈방을 알리는 종이들이 붙어 있다.
세상에는 이토록 빈방을 가진 사람들이 많고
빈방을 찾아 떠도는 사람도 숱하게 많다.

우리 마음에도 이런 빈방 한 칸씩이 있어
늘 새로운 사람이, 늘 새로운 사랑이 짐을 푼다.

더러는 그 방에 아무도 들지 않는 날이 있고
그런 날들이 오래가서 쓸쓸해지는 날도 있다.
더러는 그 방에 행복이 들어와 즐거운 날이 있고
더러는 그 방에 슬픔이 들어와 무거운 날도 있다.
행복이 들었을 때 우리가 웃으며 행복을 맞았던 것처럼
그 방에 슬픔이 드는 날에도 슬픔이 서운하지 않도록
손님처럼 살갑게 맞아야 한다.
잠시 붙었다 떨어지곤 하는 저 벽보들처럼

그런 날은 오래가지 않는다.

혹여 그대 마음에 빈방이 생기거든
저 나부끼는 벽보들처럼 외쳐야 한다.

"내 마음에 빈방이 생겼어요!"

그래야 방을 찾는 사람이 그대를 찾고
사람이, 사랑이 또 가득 짐을 풀어 그대를 채울 것이다.

혹여 그대 마음에 빈방이 생기거든
언제 채워질지 초조해하지도, 걱정하지도 마시라.
세상엔 그런 빈방을 찾아 떠도는 사람이 너무도 많다.

우리 마음에도
빈방 한칸씩이 있어
늘 새로운 사랑이,
새로운 사랑이 짐을 푼다.

그 방에 사랑이 들 때
지극하게 사랑을 모셨던 것처럼
그 방에 슬픔이 들 때도
손님처럼 맞아야한다.

꽃집을 잃었다는 말은

집과 가까운 번화가에 작고 예쁜 꽃집이 있습니다.
온통 술집들로 가득한 거리에 꽃집이 있어
장사가 될까 싶었는데, 아니나 다를까
어제 보니 꽃집이 문을 닫고 말았습니다.

손바닥만 한 화분에 심어 놓은
앙증맞은 꽃들이 예뻐 일부러 그쪽 길로 가곤 했는데
꽃이 있던 자리엔 이제 빵이 놓여 있었습니다.
친구를 만나 이야기를 나누는 동안에도
문을 닫은 그 꽃집 생각이 가시질 않았고
꽃집이 문을 닫은 이유가 내 탓만 같았습니다.

그러니까 내가 꽃을 사지 않았기 때문이지요.
커피를 마시고, 밥을 먹고, 술을 마시고,
노래는 불러도 꽃은 사지 않았기 때문이지요.

그렇게 예뻐하던 그 꽃집의 문을 열고 들어가
한 번도 꽃을 산 적 없으니
꽃집이 문을 닫은 거지요.

내가 꽃을 사지 않는다는 말은
꽃을 건넨 사람도 없다는 말이겠지요.
꽃을 선물할 사람을 생각하며
꽃을 들고 설레어 본 적이 까마득하다는 말이겠지요.
나는 꽃집 하나를 잃은 게 아니라
그 전에 꽃을 생각하는 마음을 잃고,
꽃을 선물할 사람을 잃었다는 말이겠지요.
나에게 꽃을 받을 사람이 얼마나 많은데
나는 그 사람들에게
얼마나 많은 꽃을 빚지고 있었는지
생각도 못 하고 살았다는 말이겠지요.
꽃들에 미안하고, 꽃집에 미안하고,
나에게 꽃을 받지 못한 사람들에게 미안해서
꽃집을 잃고 마음이 아팠던 거겠지요.

사는 게 바빠서 그랬다는 말을 어떻게 해요.
꽃을 사달라는 사람이 없어서 그랬다는 말을 어떻게 해요.

나에게 꽃을 받을 그대가 꽃을 조르지 않는 이유는
내가 꽃을 선물할 사람이 아니라는
체념 때문이었을 텐데
꽃을 살 꽃집이 없어서 그랬다는 말을 어떻게 해요.

꽃집을 잃고 꽃을 생각합니다.
꽃을 생각하면 사는 게 다 꽃삽 뜨는 일일 텐데
세상이 그렇게 잿빛으로 보였던 이유가
삶이 그토록 무거웠던 이유가
다 꽃을 잊고 살았기 때문이겠지요.

꽃도, 꽃 같은 당신도
다 놓고 살았기 때문이겠지요.

인사처럼 해선 안 될 말들

일요일 오후, 아내를 따라 시장에 갔다.
동네 아저씨처럼 늘어진 티셔츠를 입고,
슬리퍼를 끌며 걷는데
누군가 뒤에서 톡톡 어깨를 두드렸다.

"저, 서영식 씨 아니세요?"
"네. 맞는데 누구..."

우리는 이내 서로를 알아보았다.
스무 살 무렵, 잠시 일했던 학원에서
꽤 가깝게 지내던 형이었다.
얼마나 반가웠던지 우리는 사람이 붐비는 좁은 시장통에서
맞잡은 손을 흔들며 한참 서로의 안부를 물었다.
그동안 어디서 어떻게 살았는지, 결혼은 했는지,
무슨 일을 하는지.
우리는 오래 나누지 못한 이야기들을

서로 들려주느라 바빴다.
잠시 후 전화번호를 주고받은 우리는
조만간 밥 한번 먹자는 인사를 남기고 헤어졌다.

그 후로 일 년이 지났으나
우리는 한 번도 통화를 하지 않았고, 밥 한번 먹지 않았다.
'언제 밥 한번 먹자'는 인사를
나는 그냥 인사처럼 건넸으니까.
'언제 밥 한번 먹자'의 그 '언제'는
늘 기약이 없는 시간이라서
그 말은 이미 내 기억 속에서 지워진 지 오래였다.

돌이켜 보면 나는 얼마나 많은 약속을
인사처럼 해왔던가.
보고 싶다는 말, 한번 간다는 말,
언제 밥 한번 먹자는 말.
어떻게 이런 말들을 인사라고 건네고 살았을까.

외로운 사람에겐 '보고 싶다'는 말이 목숨 같았을 텐데.
쓸쓸한 사람에겐 '한번 찾아갈게'라는 말이
희망이었을 텐데.

사람이 고픈 사람에겐 '언제 밥 한번 먹자' 는 말이
커다란 위로였을 텐데.
어쩌자고 이 소중한 말들을 인사처럼 늘어놓고
까맣게 잊고 살았을까.

어쩌면 그 벌로 나는
외로울 때 '보고 싶다' 는 말을 인사처럼 듣고
쓸쓸할 때 '한번 찾아오겠다' 는 말을 인사처럼 듣고
그리울 때 '밥 한번 먹자' 는 말을
인사처럼 듣고 사는지도 모른다.

들으나 마나 한 인사를.
아니, 인사처럼 해선 안 될 인사를.

보고싶다!
언제 밥 한번 먹자!

인사처럼 건네고
까맣게 잊고 살았구나.

때에 맞추어 내리는 비

무엇이든 하고 싶지만
아무것도 할 수 없어서
작아지는 날이 있다.

그런 날은 갑자기 찾아오고
이유 없는 불안이 시작되기도 한다.
그러니까, 우울.

나는 때때로 우울이
나를 찾아온다고 믿었다.

그러나 어쩌면
우울이 나를 찾아온 게 아니라
내가 매번 우울을 찾아간 건지도 모른다.

생각해 보면, 수많은 나의 이별은
나로부터 비롯되었고, 그때마다 나는
내게 또 새로운 이별이 찾아온 거라고
우울을 찾아가 슬픔을 늘어놓곤 했으니까.

시우(時雨)
[명사] 적절한 때에 맞추어 내리는 비

내가 참 좋아하는 단어다.

우리가 생각하는 우울은
시우 같은 것은 아니었을까?
그저 마음에도 수시로 먹구름이 끼어
구름의 무게를 덜기 위해 비 내리는 날이 있었을 뿐.
슬픔의 무게를 덜어주기 위하여
때에 맞추어 내리는 눈물이 있을 뿐.

그런 고마운 날들에
우울이라는 우울한 이름을
억지로 붙이고 있었던 건 아니었을까.

멈춘 날의 안쪽

사물의 안쪽이 나는 늘 궁금해서
물건이 이상하다 싶으면 일단 열고 본다.
타고난 기계치라 열었다 닫지 못한 것도 꽤 많았지만
물건의 안쪽을 들여다보는 재미에 비하면
아무것도 아니다.

언젠가 고장 난 손목시계를 열어 볼 때였다.
그간 들여다본 물건들이 얼만데 조그마한 시계 정도야
너끈하게 손 볼 수 있지 않을까 싶었다.

덮개를 여니 예상대로 작은 톱니바퀴들이 보였다.
톱니바퀴들은 매우 작고 정교하게 맞물린 채로
가만히 멈추어 있었는데, 그건 고장이 아니라
그저 잠시 쉬고 있는 것처럼 보였다.
어디서부터 손을 대야 할지 난감해서 그랬지만
언제든 움직일 준비가 되어 있는 듯 보이는
그 빈틈없는 톱니바퀴들의 휴식을 망치고 싶지 않아서
나는 조심스럽게 덮개를 덮어주었다.
한참 후 수리점에 맡긴 시계는 건전지를 바꾸어 끼고
다시 힘차게 돌아가고 있다.

고장 난 시계처럼 멈추어 설 때가 있다.
몸부림치는 일마저도 여의찮을 때,
어디서부터 잘못되었는지도 모른 채
고장 난 삶을 껴안고 옴짝달싹 못 할 때가 있다.
그런 날 내가 가장 듣고 싶은 소리는 이런 것.

"고장이 아닌 거 같아.
그냥 잠시 휴식하고 있는 걸 거야."

그리고 내가 시계에게 그렇게 해주었던 것처럼
그럴 땐 그들도 가만히 나를 기다려 주었으면 좋겠다.
고장이 아니라 단지 충전이 필요했던 것처럼
그런 날, 내가 나에게도 그런 휴식의 시간을
줄 수 있는 여유가 있었으면 좋겠다.

세상의 주인

세상이
당신만 빼놓고 돌아가고 있는 거 같다면
이렇게 생각해 보는 건 어떨까요?

당신이 현관문을 열면
세상도 당신을 따라 안으로 들어오고
당신이 불을 끄면
세상도 함께 불을 끄고 자리에 눕죠.

당신이 눈을 뜨면
세상도 함께 눈을 뜨고
당신이 집을 나서면
세상도 당신을 따라 바깥으로 나오는 거예요.

당신의 세상은
항상 당신을 중심으로 돌아가고 있는데

당신의 세상이 아닌 다른 이의 세상에만
관심을 두고 맞추어 가려 애쓰고 있는 건 아닐까요?

인디언들은 말을 타고 달리다
가끔 멈추어 서 있고는 한다는데 그 이유는
말이 너무 빨리 달려서 영혼이 자기를 따라오지 못할까 봐
기다려 주기 위함이라고 합니다.

지금 멈추어 서서
잠시 뒤를 돌아보는 건 어떨까요.
어쩌면 거기에 당신이 한 번도 관심을 주지 못했던
진짜 당신의 세상이 보일지도 모르니까요.

애써 쫓아가며, 맞추며 살 필요는 없어요.
당신의 세상에선, 당신이 주인이니까요.

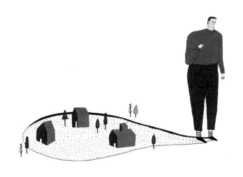

현관문을 열면 세상도 나를 따라 안으로 들어오고
불을 끄면 세상도 함께 불을 끄고 자리에 눕는다
눈을 뜨면 세상도 함께 눈을 뜨고
집을 나서면 세상도 나를 따라 바깥으로 나온다

나를 꼭 껴안아

보잘것없다고 느껴지고
한없이 작아지는 것만 같을 때
그럴 땐 나를 꼭 껴안아.

우리는 모두 우주의 작은 먼지들이니까.
먼지끼리는 뭉치는 거니까.
우주의 먼지들이 별이 되는 거니까.

친애하는 마그리트 씨에게

당신을 처음 만난 건 서울의 한 카페였지요.
갑자기 내리는 소낙비를 피해 들어간 곳이었는데
아늑한 분위기가 좋아 한참 머물렀던 기억이 납니다.

그곳에서 당신의 '겨울비'라는 작품과 처음 만났지요.
레인코트를 입고, 중절모를 눌러쓴 신사들이
하늘에서 비처럼 쏟아져 내리는 그림이었는데요.
빗방울이 있어야 할 자리에 사람이 있다니!
하늘에서 사람이 쏟아져 내린다는 그 사실만으로
저를 흔들기엔 충분한 작품이었습니다.

그런데 그림을 한참 보면서 이런 생각이 들었습니다.

떨어지는 사람은 있는데 바닥에 떨어진 사람은 왜 없을까?
추락하는 사람들의 몸짓이 왜 저토록 편안해 보일까?
얼마나 지났을까요,
저는 그 질문들의 답을 이렇게 찾았습니다.

"이건 추락이 아니야, 비상이야."

그리고 제목을 '겨울비'가 아닌 '비상'으로 바꾸어 보았죠.
어찌 된 일일까요? 제목만 바꾸었을 뿐인데
조금 전까지만 해도 하늘에서 떨어지고 있던 사람들이
갑자기 하늘로 솟아오르고 있는 게 아니겠습니까.
그러니까 그림 속 신사들은 추락하고 있었던 게 아니라
하늘로 비상하고 있었던 거지요.

그렇게 생각하고 보니
떨어지는 사람은 있지만 떨어진 사람이 없는 이유를,
추락하면서도 아무도 추락을 두려워하지 않는 이유를
나는 조금 짐작할 수 있었습니다.

친애하는 마그리트 씨.
당신은 이미 이 별에서 멀리 떠나 있겠지만

이 별 곳곳에서는 아직 '겨울비'의 빗방울처럼
차가운 눈물과 함께 추락하는 사람들이 많습니다.
그들이 추락하는 이유를 묻지 않는 사람은 더 많고
그들의 추락을 막아보려는 힘은
한없이 부족하기만 합니다.

그래서였을까요.
깊은 나락으로 추락하는
겨울비를 닮은 세상의 모든 사람에게
당신이 하고 싶었던 이야기는 혹, 이런 것이었을까요?

모든 빗방울은 떨어진다.
떨어진 빗방울은 부서지지 않고 흐른다.
흘러서 강이 되고, 모여서 바다가 된다.
떨어진 모든 물방울은 날아오른다.

비상한다.

나무는 동그라미를 그리면서 나이를 먹는다.
올해도 비바람 잘 견뎌냈다고,
눈보라 잘 참아냈다고
자기에게 선물을 주듯 살아온 날들에
동그라미를 쳐준다.
그렇게 한 살 한 살 더할 때마다 나무는
잘했다, 잘 살았다, 자기를 쓰다듬어 주면서
지긋이 품을 키워나간다.

나무처럼 나이를 먹는다는 건
살아온 날들을 스스로 장하게 여긴다는 것.
나에게 손뼉을 쳐주면서, 나를 사랑하면서,
너그럽게, 여유롭게 무거워진다는 것.
물결처럼 번지는 나무의 나이테처럼
나이를 더해갈수록 점점 품을 키워나가는
가득 찬 속을 가진 사람이 된다는 것.

장롱에서 짙은 꽃 향이 났다

계절이 바뀌면 장롱도 옷을 갈아입는다.
오래 묻어둔 옷가지를 꺼내 겨울옷으로 바꾸고
잘 입지 않는 옷들을 챙겨 수거함으로 갔다.
입을 옷은 늘 모자라기만 한데 버릴 옷은 차고 넘친다.
이제는 유행이 지나 입지 않는 청바지를 버리고
목티를 즐겨 입은 후로 통 두르지 않던 목도리를 버리고
옆선이 뜯어져 입지 못하는 체크무늬 남방도 버리고
보풀이 너무 많이 피어 볼품없어진 니트를 버리려다

멈칫.
겨울이 올 때마다 즐겨 입던 그 니트가 아까워서
옷을 가득 채운 보풀들을 몇 개 떼어 보다가
나도 모르게 볼멘소리가 새어 나왔다.

"아, 정말 보풀은 왜 이렇게 피어서는!"

그때 단어 하나가 콕 박혀오는 것이었다.

피었다? 피었다니!

그래,
옷과 옷이 스쳐 보풀이 피었을 테지.

사람과 사람이 스친 자리가 닳고 닳아
보풀이 피었을 테지.
인연과 인연 아닌 그 많은 만남을
스치고 지나오는 사이
내 인연들이 홀씨처럼 가만히 옷 위에 내려앉아
꽃처럼 피었구나.
그렇게 몽우리, 몽우리들이 들꽃처럼 피었구나.

피었다는 말이 보잘것없는 보풀을 그토록
아름답게 만들고 있었다.
그래, 보풀이 좀 핀들 어떤가?
사람과 사람이 소중히 피워낸 꽃 옷을 못 알아보고
닳았다니, 버린다니.
아니지. 그건 말이 아니지.

나는 보풀투성이 니트를 들고 집으로 가서
정성스럽게 개어 장롱 서랍에 넣었다.

장롱에서 짙은 꽃 향이 났다.

오래된 옷에 보풀이 피었다
피었다, 피었다니!
인연과 인연아닌 그 만남들이
소중한 꽃처럼 피었다니.

다행이다

세상이 잿빛이었던 아침.
추적추적 비가 내리는 도로를 달렸습니다.
가로등에 앉아 먼바다를 보고 있는 갈매기 위로
굵은 빗방울이 떨어지고 있었는데요.
차를 몰고 출근하는 길이면 가끔 만나는 풍경이지만
이상하게도 비를 맞는 새만 보면
늘 마음 한편이 아려오곤 합니다.

그런 마음이 드는 건 젖은 새뿐만은 아니에요.
비를 맞는 모든 것들은 늘 마음을 젖게 만드니까요.
비를 맞고 걸어가는 강아지를 볼 때,
골목에 버려진 낡은 소파가 흠뻑 젖고 있을 때,
길에 누운 사람 위로 한두 방울 비가 떨어질 때,
그들이 비를 맞고 있는 이유가
마땅히 돌아갈 데가 없기 때문이라는 생각이 들 때면
나는 먹구름처럼 무겁게 가라앉곤 합니다.

젖는 것이 어디 몸뿐일까요.
슬픔에 흠뻑 젖은 마음이 돌아갈 데가 없다면,
어디로든 피하고 싶은데
어디에도 스며들 데가 없다면,
마음 젖은 사람이 돌아갈, 사람이라는 거처가 없다면
그 젖은 마음들은 다 어디에서 말려야 할까요.
술에 취한 밤, 어디론가 전화를 걸고 싶어지는 것도
다 마음에 내리는 비 때문이었을 텐데.

늘 부족한 것만 생각하며 살았습니다.
비에 젖은 몸을 말릴 방 한 칸이 있어서
비에 젖은 마음을 말릴 그대라는 거처가 있어서
얼마나 다행인 줄도 모르면서.

농담 같은 날들

우리의 대화는 절반이 농담이다.
실없는 농담을 하고 웃고 떠들다 보면
정작 전해야 할 말을 잊고 끊는 일이 허다하다.
그런 너의 목소리가 그날은 조금 달랐다.
수화기 너머로 들려오는 음성은 조금 잠겨 있었고
마른침을 삼키는 소리가 내겐 너무도 크게 들려왔다.

날씨가 좋아서요.
사는 게 왜 이렇지, 싶고
길을 걷는데 갑자기 눈물이 나더라고요!
아, 울면서 걷는데
길에 핀 꽃이 너무 예뻐서
그 와중에 사진을 찍었지요!
나중에 보니 이 사진이 또
예쁘게 안 나와서
울컥해지더라고요!

우리의 통화가 늘 그랬듯
울컥한 날에도 농담을 했고
너의 이야기를 농담으로 듣다가 나도
농담처럼 눈물이 났다.

늘 그랬듯 우리는
다시 실없는 농담으로 돌아갔고
적어도 농담을 주고받는 그 시간 동안
우리는 웃었다.

살면서 겪는 슬픔을
농담처럼 말하고 넘길 수 있다면
농담처럼 한바탕 웃고 다시
농담처럼 일상으로 돌아갈 수 있다면
농담처럼 쉬지 않고 생겨나는 아픈 일들이
자고 나면 꿈처럼, 농담처럼 사라지기도 하는
여기가, 그런 농담 같은 세상이라면
얼마나 좋을까.

그날 목이 메어 말하지 못했지만
실은 형도 농담처럼 이 말을 해주고 싶었다.

사는 게 그런 게 아니겠니.
네가 걸었던 화창한 날의 거리에서처럼

찬란한 날에도 이유 없이 눈물이 나고
그러다 꽃을 보고 눈물을 닦기도 하고
꽃 때문에 또 울컥해지기도 하는.

그렇게 웃고, 그렇게 우는
사는 게 그런 농담 같은 일은 아니겠니.

시는 뭐 그런 게 아니겠니
네가 걸었던 화창한 날의
거리에서처럼
친란한 날에도
이유없이 눈물이 나기도 하고
그러다 꽃들을 보고 눈물을 닦기도 하고
꽃들 때문에 또 울컥해지기도 하는.

등을 생각하다

목욕탕에서
어르신이 등을 밀어달라고 부탁해 오셨다.
평생 삶의 짐을 져 나른 등에 세월까지 얹혀서
무겁게 기울어버린 어르신의 등을 밀어 드리다가
사람의 등이라는 쓸쓸한 뒤편을 생각했다.

나의 손이 나의 등에 닿지 않아
다른 이에게 등을 맡겨야 하는 일에 대하여.
나의 몸이지만 한 번도 눈길을 주지 못하는
그 불쌍한 뒤편에 대하여.
보이지 않는 곳에서 묵묵히 뒤가 되어준 등을
따뜻하게 쓰다듬어 주지 못하는
이 부족한 인간의 한계에 대하여.

그리고 생각했다.
신이 사랑을 만든 이유가 있다면

그건 아마 등 때문이리라는.

내가 내 등을 안아줄 수 없어서
사랑을 보내어 포옹하게 하기 위함이라는.
그렇게 안아주는 동안 사랑으로 하여금

잘했다, 잘했다.
등을 쓰다듬어 주기 위함이라는.

신밧드를 만난 적 있다

거리에 누워 잠을 청하는 당신의 모습은
마치 어디선가 본 듯한 지도를 닮아 있었다.
옆으로 누운 채 구부정하게 허리를 굽히고
무릎을 바짝 당겨 안은 당신의 둥그스름한 등선은
나라와 나라 사이에 그어 놓은 국경처럼 또렷했다.

몸 밖이 온통 날이 서 있는 접경일진대,
당신의 몸을 하나의 국가라 부른들 어떻겠는가.
이미 헤르만 헤세가 『데미안』에서 말했듯
우리는 외로운 알처럼, 각자가 하나의 세계인 것을.

그날, 곤히 잠든 당신을 한참 보고 섰다가
당신 곁에 흩어져 있는 모래알을 나는 보았다.
짙은 밤하늘에서 스스로 빛을 내는 별처럼
사방에 흩어진 채로 빛나는 모래알을 보면서
어쩌면 당신은, 양탄자를 타고 사막 위를 날아다니던

그 겁 없고, 모험심 많은 신밧드는 아니었을까,
하는 생각이 들었다. 그 여행 중에 잠시 길을 잃고
이 낯선 빌딩 숲 사이에서 쉬고 있는 건 아닐까 하는.
그 순간 내 눈에 보이는 당신의 노숙은
하나도 추워 보이지 않았다. 당신을 돌돌 말고 있던
그 남루한 천 조각이 머지않아 당신을 태우고
또 다른 세상을 여행할 양탄자로 보였으므로,
나는 당신의 한뎃잠이 하나도 서글퍼 보이지 않았다.

나는 돌아와 당신의 이야기를 시로 썼다.
그해 당신은 나를 신춘문예에 당선시켜 주었고
당신을 만나고 싶어 다시 찾아간 자리에 당신은 없었다.

나는 안다.
당신은 이미 내가 아는 세상을 멀리 벗어나
내가 한 번도 가보지 못한 세상에 닿아 있으리라는 것을.
내가 잠시 당신의 노숙을 안타깝게 여긴 것처럼

이 비좁고 남루한 세상에서
한 발짝도 떠나지 못하는 나를 안타깝게 여기며
툭툭 모래를 털고 날아갔으리라는 것을.

담백한 기도

대기업에 간부로 계시는 분이 있습니다.
하나도 따기 어렵다는 자격증을 두 개나
가지고 있는 분인데 그 자격증이 취직을, 승진을
시켜 준 거라고 겸손해합니다.

하루는 그분과 술을 마시면서
시험에 많이 떨어졌다고 들었는데 좌절감을
어떻게 이겨냈는지 물은 적이 있습니다.

그분은 기도했다고 합니다.
지치는 날엔 기도가 희망이 되기도 하니까
다음 시험엔 꼭 붙게 해달라고 비셨냐고 물었는데
아니랍니다. 오히려 그 반대였다고 합니다.

공부는 스스로 열심히 할 테니
떨어지면 다만 주저앉지 않게 도와달라는

기도였다고 합니다.
공부는 악착같이 혼자 할 수 있지만
밀려오는 좌절감은 도무지 혼자 힘으로
이겨낼 수 있는 게 아니라서
시험에 떨어져도 다시 도전할 힘을 잃지 않도록
버틸 수 있게, 견딜 수 있게 해달라고
빌었다 합니다.

나는 아주 부끄러웠습니다.
나의 기도는 내 의지로 할 수 있는 것투성이었고
염치도 없이 늘 이것을 달라, 저것을 달라 요구만 하면서
속물처럼 기도에 기대어 산 날들이 많았으니까요.

"노력은 제가 할 테니
지쳐 쓰러지는 날, 다만 주저앉지 않게 해주세요."

이 담백한 기도가 너무도 아름다워서
그날은 술도 취하지 않았습니다.

몹쓸 사랑

당신은 사랑하는 사람의 이야기를 들려주었다.
그 사람의 마음이 좋아 사랑하게 되었다는 이야기를.
사랑하면서 영화를 보고, 여행을 하고, 누구처럼
선물도 주고받으면서 행복한 날들을 보냈다고 했다.
사람이 사람을 생각하는 마음이 지극하면 사랑이 된다고,
둘은 처음부터 그런 인연이었을 것이라고 했다.

그러나 그 사람이 점점 변하기 시작했다고 했다.
말이 거칠어지고, 표정이 거칠어지고,
마음이 거칠어지더니
사랑은 점점 식고, 사람은 점점 멀어지더라고.
그 후로 당신은 그로 인해 하나둘
울 일이 생기더라고 했다.

그로부터 받은 상처로 눈물을 흘릴 때는
이별을 생각했으나

눈물이 그칠 때면 아픔도 함께 그치더라고 했다.
한 번씩 그가 웃어 주는 날엔 당신을 울렸던
숱한 상처들이 꿈처럼 사라지더라고 했다.

그러나 서러운 날은 또 계속되더라고 했다.
사랑은 변할 수 있지만 변한 사랑이
다시 돌아오진 않더라고
당신은 아픈 사랑 이야기를 내게 들려주었다.

당신을 위로하고 싶었다.
별은 어두운 밤에 빛을 낸다고.
별을 보기 위해서는 별의 배경인
어둠도 함께 볼 수밖에 없는 거라고.
사랑도 마찬가지라서 그 사람을 보는 동안에는
아픔도 함께 겪어야 하는 거라고.
사랑하면 원래 울 일이 많아진다고.
어쩌면 눈물이 나야 사랑일지도 모른다고
말해주고 싶었지만
정작 당신에게 필요한 건 이런 위로가 아닐 것 같아서
나는 이 의미 없는 말들을 하지 않았다.

하지만
눈물의 출처는 기억해야 한다고 했다.
사랑에 상처받는 사람이 가장 많이 하는 실수는
사랑하니까 괜찮다고 스스로를 위로해서
매번 상처 주는 이를 용서해 버리는 것이라고 했다.

그래서 눈물이 그칠 때면 눈물 흘린 일을 잊는다고
한 번, 두 번 잊으면 세 번, 네 번 참는 건 일도 아니라고
그렇게 상처에 무뎌진 채로
멀어진 사랑을 붙잡아 두는 것이
무슨 의미가 있겠냐고 나는 당신에게 물었다.

사랑으로 다친 마음을
사랑 아닌 것으로 위로할 수 없다는 걸 알지만
나는 그저 당신의 사랑으로부터 받은 상처가
부디 덧나지 않았으면 좋겠다.

세상엔 너무도 이기적인 사랑이 많고
자기의 눈물이 아닌
사랑하는 사람의 눈물을 빌려 하는
염치없는 사랑도 많아서

나는 그런 사랑으로 인해 당신의 소중한 눈물을
모두 탕진하지 않았으면 좋겠다.
그런 심정으로 말한다.

"이별해 버려라, 그런 몹쓸 사랑."

원산지 표시

오늘 같은 바람이 좋아.
가령 이런 바람에는
원산지 표시가 있었으면 해.
마음이 답답하고 숨이 막혀 올 때
언제든 찾아갈 수 있도록.

나를 사랑해 주는 사람

조금만 침묵해 보면
나를 그리워하는 사람과
내가 그리워하는 사람을 쉽게 알 수 있다.
깊은 밤 초침 소리처럼
고요 속에서 가만히 모습을 드러내는 사람이 누구인지
참담한 고요의 제물로
나를 바치고 떠나는 사람이 누구인지를.

조금만 슬퍼져 보면
나와 눈물을 함께 흘려줄 사람과
나의 눈물을 외면하는 사람을 쉽게 알 수 있다.
홀연히 나타나
가만히 내 눈물을 닦아 주는 사람이 누구인지
슬픔 속에 나를 묻고 떠나는 사람이 누구인지를.

우리는 가끔
내가 사랑하는 사람을 챙기느라
나를 사랑해 주는 사람을 잊고 살지만
내가 침묵하고, 내가 슬퍼질 때
나의 손을 잡으려 그 사람은 온다.

누구에게나
슬픈 날 나의 전부가 되는 사람 하나씩은 있다.
그리 먼 곳이 아닌 가장 가까운 곳에서
나를 바라봐 주고 있다.

내가 너무도 잘 아는 사람이,
나를 가장 사랑해 주는 사람이.

조금만 침묵해보면 내가 그리워하는 사람과
나를 그리워하는 사람을 쉽게 알 수 있다
깊은 밤 초침소리처럼
고요 속에서 가만히 모습을 드러내는 사람이 누구인지
참담한 고요의 제물로 나를 바치고 떠난 사람이 누구인지를.

97

지금 내리실 역

출근 시간, 전철 안에서
중년쯤 되어 보이는 두 남자가 싸움을 했다.
서로 멱살을 잡고, 소리를 지르고, 밀고 당기면서
두 정거장이 지나도록 아무도 말리지 않는
고독한 싸움을 이어갔다.
그 무렵 도착역을 알리는 방송이 나왔다.

'지금 내리실 역은 동래, 동래역입니다.'

잠시 후 한 명이 슬그머니 멱살을 놓았다.
상대도 마지못한 표정으로 멱살을 놓았다.
먼저 멱살을 놓은 남자는 이쪽으로 걸어오면서
금방이라도 눈물을 터트릴 듯한 표정으로
승객을 향해 하소연했다.

'아, 저놈이 글쎄요...'

출입문이 열리고 삐죽대던 남자는 내렸다.
말을 채 끝내지 못하고, 싸움을 채 끝내지 못하고
남아 있는 남자를 한번 흘겨보고는 마지못해 내렸다.
싸움에서 등을 보이고 먼저 내려버린 그 남자를
나는 오래 바라보았다.

그러니까 그 남자는 멱살을 잡힌 채로
내려야 할 역을 생각하고 있었으리라.
욕을 먹고, 멱살을 잡히고, 이리저리 휘둘리면서도
세 정거장, 두 정거장, 한 정거장,
내려야만 하는 그 역을 세어야만 했으리라.
그의 직장이 그 역 어디쯤 있었기 때문에,
그 역에 내릴 수밖에 없었던 수많은 이유가
싸움을 끝내지 못하고, 할 말을 다 하지 못하고
분통 터지는 마음을 뒤로한 채 남자를 내리게 했으리라.

그러나 남자여, 분해하지 마라.
우리는 모두 내릴 역에 내려야만 하는 존재들이니까.
그 역에 직장이 있고, 그 역에 밥줄이 있어서
그 역에 다다른 자는 누구든 멱살을
놓아야 할 테니까.

그러니 내려야 할 역에서 마땅히 내린 그대는
결코 싸움에서 진 게 아니다.

오래전 백석 시인이
『나와 나타샤와 흰 당나귀』에서 말했던 것처럼
그대가 그대의 삶을 위하여 먼저 멱살을 놓고
저 먼 산골로 간다고 한들 세상에 지는 일이겠는가.

그러니 그대는 쓸쓸해하지 마라.
우리는 모두 '지금 내리실 역'에 내려야만 하는
그대와 같은 존재다.

힘내라는 말

"힘내라는 말 좀 안 했으면 좋겠어."

이런 말을 가끔 듣습니다.

하지만
세상에 힘들지 않은 사람이 있을까요?
단지 정도의 문제일 뿐, 시기의 문제일 뿐.
사는 일은 다 고되고, 힘에 부치죠.

그래서
힘을 내라는 말 속에는
"힘내, 나도 그러는 중이니까."라는 말이
들어 있는지도 몰라요.

누군가가
힘내라는 말을 해주었다면
그건 스치듯 던지는 위로가 아니라
그 사람이 알고 있는 가장 소중한
위로의 말을 건넨 건 아닐까요?

우리가 지금껏
사랑한다는 말을 대신할 단어를
찾아내지 못한 것처럼

우리는 아직 이 별에서
힘내라는 말보다 더 진심 어린 위로의 말을
찾아내지 못한 것뿐이니까요.

돌담이 바람에 무너지지 않는 까닭은
틈 때문이다.
돌과 돌 사이에 드문드문 나 있는 틈이
바람의 길이 되어 주기 때문이다.
내륙의 바람이 시멘트 담장을 무너뜨려도
제주의 돌담을 허물지 않는 이유 단 하나.

돌담은 바람의 길을 막아서지 않기 때문이다.
그런 돌담을 바람도 굳이 허물고 지날
이유가 없기 때문이다.

나는 그런 사람이 좋다.
담장처럼 반듯하고 격이 있어 보여도

군데군데 빈틈이 있어 그 사이로
사람 냄새가 새 나오는 그런 사람이 좋다.

꼭 완벽할 필요는 없다.
사실 완벽한 사람도 없다.
완벽이란 이름으로
사람 냄새 나는 빈틈을 메워버리는
바보만 있을 뿐.

그대, 빈틈을 허하라.
바람이 돌담에 스며들듯
사람이 사람에게 스며들 수 있도록.

마중물

펌프로 지하수를 끌어올릴 땐
한 바가지 물을 부어 주어야 한다.
이 물이 저 깊이 가라앉은 물을 당겨 올리는데
우리는 그것을 '마중물' 이라 부른다.

기다려야만 하는 날이 있다.
다가갈 수 없어서
꼼짝없이 오기만을 바라야 할 때
멈추어 선 채로 저쪽을 보며
동동 발만 구르는 날이 있다.

그 막연한 기다림에도
마중물이 필요하다는 것을 그대는 아시는가.
가만히 선 자리에서 한 걸음만 앞으로 나가면
기다림은 어느새 마중으로 바뀐다는 사실을
그대는 아시는가.

한 바가지 물이 깊이 가라앉은 물을 끌어 올리듯
한 걸음 나가서는 일이 막연한 기다림을
설레는 마중으로 바꾼다는 것을

거기 가만히 선 채로
보이지 않는 이를, 보이지 않는 것을
애타게 기다리고만 있는
그대는 아시는가.

유실물 센터

지하철 문이 닫힐 무렵
맞은편에서 졸고 있던 남자가 벌떡 일어나 내렸다.
앞에 서 있던 사람이 얼른 빈자리에 앉았는데
자리가 불편했는지 엉덩이 밑으로 쑥, 손을 밀어 넣더니
무언가를 꺼내 들었다.
방금 내린 남자의 것으로 보이는 작은 USB였다.

사내는 난감해했다.
물건을 이리저리 돌려보고 좌우를 둘러보지만
이미 그 물건의 주인은 내리고 없었다.
USB는 순식간에 유실물이 되고 만 것이다.

어떤 이별은 저렇게도 온다.
아무런 준비도 없이 저토록 갑자기 찾아온다.
내 의지와 상관없이 찾아오는 이별 앞에
남은 자는 언제나 유실된 물건처럼 무력해진다.

내가 잃어버린 이름들을 생각했다.
남자가 놓고 내린 물건처럼 나도 모르게
삶의 어느 정거장에서 누군가를 잃고
그의 이름마저 잊어버린 적은 없었는지
나 역시 누군가의 기억 속에서
얼마나 많이 버려지고, 지워진 이름이 되었는지.

그러고 보면 우리는 모두
누군가의 기억에서 한 번쯤 지워진 적이 있는
유실된 존재들은 아닐까.
그래서 어쩌면 이 세상은
커다란 유실물 센터일지도 모른다.

모두가 유실된 존재들처럼 외로워 보이지만
곳곳에서 새로운 짝을 만나 행복을 찾으려 애쓰는.

남자가 흘리고 간 USB에는 무엇이 들었을까.
남자는 저걸 잃고 어떤 실의에 빠져 있을까.

핸드폰을 보고 있는 사내의 손엔 아직 USB가 들려 있고
나는 사내가 그 유실된 물건을

역무실로 가져다주길 바랐다.
그리하여 이 길 끝 어디에 있을 유실물 센터에서
USB는 저를 간절하게 찾아 헤매는 남자를 만났으면 했다.

잃은 자들의 도시에서
모든 유실된 것들은 다시 짝을 만나야 한다고
나는, 빌었다.

세상은 커다란 유실물센터 같아
모두가 유실된 존재들처럼 외로워 보이지만
곳곳에서 제 짝을 만나 행복을 찾는

나비의 무게

'나비다'
'납이다'

이 두 개의 단어는
서로 다른 모습과 무게를 지녔으나
같은 소리를 낸다.

생이라는 테두리 안에서
제각기 다른 모습으로 살고 있는
우리의 삶이 그런 것처럼.

어떤 날은 나비처럼 가벼운 날들이 오고
어떤 날은 납처럼 무거운 날들이 오곤 하는
우리의 삶이 그런 것처럼.

납처럼 무겁게 가라앉아 본 사람들은 안다.
그런 날엔 나를 뺀 모든 이들의 삶이
다 나비처럼 가벼워 보인다는 것을.
내가 무거운 납덩이가 되어 있을 때
당신의 위로가 깊이 다가오지 않는 이유는
나비처럼 가벼운 삶을 사는 듯 보이는 당신이
어떻게 납덩이의 무게를 가늠할 수 있겠는지.
나비 같은 당신이 어떻게 나를 짓누르는
그 무거운 납덩이를 치워줄 수 있겠는지.
스스로 힘을 내지 못해서 가라앉은 나에게
나비 같은 당신의 입에서 나오는 '힘내'라는 말이
내겐 얼마나 가볍기에 그지없는 위로처럼 들리는지,
깊이 가라앉아 본 사람들은 안다.

찬란한 것은 늘 짧게 머물다 가서
나비처럼 가벼운 날은 그리 오래가지 못하고
대개의 날은 납처럼 무겁게 우리를 짓누른다.

하지만 낚싯줄을 물고 물속에 가라앉는 납덩이처럼
먹먹한 물속에 가라앉아 숨을 참고 기다리는 무게의
시간이 대개의 삶을 지탱한다는 것을 우리는 안다.

나비가 납을 모른다고 믿는 것처럼
납도 나비를 모른다.
그런 날 우리를 위로하는 나비 같은 사람들 또한
무거운 납덩이와 다르지 않은 삶의 무게를
견디며 살고 있을 테니까.

다름은 없다. 그저
납이다와 나비다가 같은 소리를 가진 것처럼
생각하기에 따라
우리의 삶은 나비가 되고, 납이 될 뿐이다.

115

마음백신

마음백신

의사 선생님
마음이 아파요.
마음도
감기에 걸린다던데
마음에 맞는
백신 같은 건 없나요.

한나절 미열만 참으면
한 생은 거뜬하게 건너가는

그런 주사 말이에요.

하루살이의 충고

다 자란 하루살이는 입이 없다.
쓰지 않으면 퇴화하는 진화의 법칙에 따라
짧은 생에서 먹는 일을 포기한 대가로
소화기관도, 입도 사라져 버린 것이다.

그런 하루살이에게
먹는 일보다 더 소중한 일이 무엇이었을까?
사냥하고 먹이를 먹는 원초적인 일보다
더 귀한 일이 무엇이었을까?

바로, 사랑이다.

성충이 된 하루살이는
남은 생을 필사적으로 사랑에 쏟아붓고
아름다운 결혼 비행을 끝으로
짧은 생을 마친다.

사랑하는 사람과 자주 다투고
헤어지고 아파하는 연인들에게,
사랑한다는 말 한마디 못 하고
안타까운 시간만 보내는 사람들에게
하루살이는 이렇게 말할지도 모른다.

"바보야, 사랑만 하기에도 생은 짧아!"

내 생의 복구 시점

컴퓨터가 점점 느려지고 있다.
또 몹쓸 악성코드가 묻어온 모양이다.
얼마 전, 악성코드가 말썽을 부려
아끼던 글을 몽땅 잃은 후로
수시로 복구 시점을 만드는 습관이 생겼다.
복구란, 악성코드 따위로 컴퓨터에 이상이 생겼을 때
미리 지정해 둔 시점으로 돌아가는 기능을 말한다.

언젠가 너는 내게
돌아가고 싶은 시절이 있냐고 물었다.

나는 고민도 없이
아무도, 아무것도 잃지 않았던 시절로
돌아가고 싶다고 했다.
언제든 괜찮았던 시간으로 되돌릴 수 있는
그런 복구 시점 같은 것이 내 생에도 있다면,

살다가 까마득해지는 날이 오면
언제든 다시 돌아갈 수 있는 그런
시간의 고향 하나쯤, 이 생에도 있으면 좋겠다고 했다.

너는 말없이 고개를 끄덕였다.
너의 물음과 나의 대답은 닮아 있었다.
그건 삐걱대고 있는 지금에서 벗어나고 싶다는
토로였고 할 수 있다면 무정하게, 무책임하게
이번 생을 송두리째 무르고 싶은 마음이었다.

"당신이 지정한 시점으로 되돌아갑니다.
다만 이후에 얻은 기억도 함께
잃을 수 있습니다."

복구를 실행하려 하면 컴퓨터는 이렇게 묻는 듯하다.
이 말에 동의하면 컴퓨터는 괜찮았던 시점으로 돌아가고
클릭하는 순간 '지금'은 송두리째 사라진다.
악성코드와 함께 복구 시점 후의 좋았던 기억들도 지우면서
'지금'의 살만한 기억들도 함께 거두어 가면서
꾸역꾸역 괜찮았던 시간으로 되돌아간다.

누구나
간절히 바라는 복구 시점 하나씩은 가지고 산다.

다만 아무것도 잃지 않고,
아무것도 잃지 않은 시절로 갈 방법은 없어서
'지금'의 소중한 사람을 위하여
'지금'의 상처를 메워가며
매일매일 '지금'을 수리하며 산다.

컴퓨터처럼
시간을 거슬러 모든 걸 되돌려 놓진 못해도
연어 떼처럼 처음의 시절로 거슬러 올라가
때때로 닿고 싶은 날을 추억하면서
하루하루 위로하면서
지금, 여기에서 묵묵히 산다.

그래야, 산다.

언제든 괜찮았던 시간으로 되돌릴 수 있는
그런 복구시점 같은 게 내 생에도 있었으면,
살다가 까마득해지는 날이 오면 다시 돌아갈 수 있는
그런 시간의 고향 하나쯤 이 생에도 있었으면

목숨 건 방어

살면서 맞은 적이 별로 없다.
싸움을 해 본 적이 거의 없기 때문일 텐데
웬만하면 주먹다짐하는 상황까지 만들지 않아서
이 무서운 세상에서 한 대라도 덜 맞고
살아온 건지 모른다.
하지만 나를 좀 패겠다고 달려드는 사람을
나는 막을 수 없다.

하루는 좌회전을 하기 위해
방향 지시등을 켜고 차선을 변경하려는데
저 뒤에서, 그야말로 저 뒤에서 천천히 오던 버스가
갑자기 상향등을 켜며 속도를 내기 시작하는 것이었다.
나는 놀라서 차선 변경을 포기했지만
충분히 들어가고 남을 거리임에도 불구하고
난폭하게 운전하는 버스 기사님이 내심 서운했다.
그러나 서운함은 거기서 그치지 않았다.

버스를 옆에 세운 기사님이 앞문을 여시더니

"네가 바쁘냐, 내가 바쁘냐!"

대뜸 이렇게 소리를 치셨다. 황당했다.
버스는 바쁘고 나는 바쁘지 않은 사람이라는 말인데
그날 뭐 딱히 바쁜 일이 없었으니까 그 말은 넘어가더라도
충분히 들어가고도 남을 거리를
어르신이 갑자기 달려오셔서
많이 놀랐다고 정중히 말했는데
연세가 지긋하신 그 기사님이 달려오시더니
다짜고짜 뺨을 때리는 게 아닌가.
뒤엔 어린 딸이 있었고, 옆엔 아내가 타고 있었다.
순식간에 딸은 울고, 아내는 어쩔 줄 몰라 했다.
나는 잠시 생각했다. 그러고는 그냥 갔다.
참을 만한 일이었다.

하루는 이렇게도 맞았다.
아홉 시 무렵 전철 안은 만원이었다.
술에 취한 아저씨가 등으로 자꾸 밀어대는 것이었다.
나는 앞으로 더 당길 자리가 없는데

아저씨는 자꾸 등을 밀면서 혼잣말로 욕을 해댔다.
자리를 옮기면 좋겠는데 사람이 너무 많아
최대한 그분을 불편하게 하면 안 되겠다 싶어
여차하면 앉은 사람의 무릎에라도 주저앉을 요량으로
몸을 바짝 당기고 또 당겼다.

몇 정거장이 지나 내가 내릴 역에 닿고
그 중년의 사내도 조금 잠잠해지나 싶었다.
그때였다. 출입문 쪽으로 나가기 위해 몸을 돌리는 순간
이분이 욕설을 하며 나를 냅다 걷어차는 거였다.
허벅지가 얼얼했고 사람들도 모두 놀란 눈치였다.
그분은 나를 향해 다가오면서 그저 닿았다는 이유로
또 발길질하려 했다. 출입문이 열리고,
나는 잠시 내리지 않은 채로 생각했지만
그날도 나는 참고 내렸다.

먹고 사는 문제 때문이었다.
침을 쏘고 나면 곧바로 죽고 마는 꿀벌처럼
싸움이 커져서 그나마 쥐고 있는 것들을
한순간에 잃어버리진 않을지 하는 생각에
수많은 무례 앞에서 할 수 없이 참는 거였다.

꿀벌은 침 끝에 내장이 붙어 있어
적을 향해 침을 쏘면 내장이 함께 달려 나가 죽는다는데
그러니까 꿀벌은 생애 단 한 번 목숨 건 방어를 위하여
무겁고 단호하게 목숨 같은 창을 던지는 것일 텐데
아직 내겐 목숨을 걸 만큼 분노할 일이 오지 않은 거라고
꾸역꾸역 창끝을 밀어 넣으며 참아내는 거였다.

밥벌이를 위하여
신중하고 더 신중하라고
신은 꿀벌의 침에 내장을 묶어 놓았고
인간의 주먹에 밥그릇을 묶어 놓았을 것이라고
분하고 분한 날
이렇게 말하면서 참고 또 참는 거였다.

그림자는 힘이 세다

횡단보도에서 신호를 기다리고 있었다.
그림자는 길게 뻗은 채 도로에 드러누웠고
몸은 무겁고 무기력한 저녁이었다.

차들이 쌩쌩, 그림자를 치고, 밟고 지나갔으나
나는 어찌할 도리가 없이 물끄러미
그림자의 수난을 바라보고만 있을 뿐이었다.
그림자 위로 버스가 지나고, 택시가 지나고
오토바이마저 지나가는 모습을 보면서
나의 무기력과 그림자의 무기력이
다르지 않다고 생각했다.

그때였다.
긴 트레일러가 천천히 지날 무렵이었는데
당연히 바퀴 아래 깔려 있을 줄만 알았던 그림자가
트레일러 위에 비쳐 보이는 게 아닌가.

어찌 된 일인지 그 후로 그림자는
버스가 오면 버스를 뛰어넘고,
택시가 오면 택시를 넘었다.
차가 오지 않을 땐 가만히 바닥에 누워 있다가도
코앞에 차가 다가오면 벌떡 일어나 차를 넘는 것이었다.

그랬다.
그림자는 세상 모든 사물 위에 있었다.
절벽에서 떨어지지 않고,
무엇으로도 부서뜨릴 수 없고
불에 타지도 않으며, 물에 떠내려가지도 않는다.

세상에서 가장 끈질기고, 세상에서 가장 재빠르고
빛 앞에선 선명하게 제 모습을 드러낼 줄 알고
그늘 앞에선 슬며시 그늘과 한 몸이 될 줄도 아는
그림자야말로 세상에서 가장 강하고,
세상에서 가장 융통성 있고,
세상과 가장 잘 어울리는 녀석이 아니었던가.

그런 그림자가 나와 함께 움직이고 있었다니
내가 움직여야 움직이고, 내가 가야 저도 가는

나와 다르지 않은 한 몸이었다니.
이런 생각을 하는 동안 신호는 바뀌었고
으쓱해진 그림자는 성큼성큼 걸어
이미 횡단보도 저편에 닿아 있는 것이었다.

사람은 누구나 자기를 닮은
어둠 하나쯤은 닮고 산다
그러나 그 어둠은 거센 급류에도
떠내려가지 않고
절벽에서도 떨어지지 않으며,
칼에도 베이지 않고,
부서지지도 않는다.
그러니까 그대가 본 그대의 어둠은
세상에서 가장 강한
그대의 진짜 모습인지도 모른다.

웃어라, 청춘

옆자리에서 술을 마시는 청춘들.
한잔 된 앳된 얼굴들이, 쩌렁쩌렁한 소리가
한없이 예쁘게만 보이다가
안녕하지 못한 시국을 사는 청춘들이
문득 가여워졌다.

아프니까 청춘이라는 책이
기록적인 판매고를 올렸다고 한다.
나는 그 책이 얼마나 많은 청춘의
아픔을 달래 주었는지 잘 안다.
그러나 그만큼 우리는
청춘이 아픈 시대에 살고 있고
청춘의 통증이 당연히 여겨지는 시대에
살고 있다는 말이 되기도 한다는 점에서
쓸쓸한 마음을 감출 수 없다.

어디 청춘만 아프겠는가.
장년도 아프고, 중년도 아프고, 노년도 아프다.
아니, 세상에 아프지 않은 생이 있기는 하겠는가.
그러니 저 붉디붉은 꽃 얼굴들처럼
청춘만은 활짝 피어야 하지 않을까?

나비를 쫓아다닐 시간을 어린이집에 빼앗기고,
친구들과 함께 뛰어놀 시간을 학원에 빼앗기고,
꿈을 나눌 시간을 야자와 시험에 빼앗기고,
겨우 대학을 졸업하였으나 취업의 기회마저 빼앗기는
빈털터리 청춘에게 청춘의 아픔은 당연한 거라는 식의
세상의 위로는 얼마나 비겁한가.

술집을 들었다 놓는 청춘의 웃음소리가
나는, 하나도 소란스럽지 않다.

그래, 웃어라.
웃어야 청춘이다.

이런 공중전화 하나 있으면 좋겠다.

수화기를 들고 돌아가고 싶은 날짜를 꾹꾹 누르면

그날을 사는 내게로 전화를 걸 수 있는

타임머신 같은 공중전화.

하는 일마다 뒤죽박죽 꼬일 때
주저앉을 힘도 남아 있지 않아서
그냥 오늘이 삶의 끝인 것만 같을 때
먼 미래에서 씩씩하게 잘살고 있는 나로부터
지금의 나에게로 전화가 걸려 온다면
얼마나 큰 위로가 될까.

이런 공중전화 하나 있으면
나는 매일매일 나에게 전화를 걸어
지쳐 있는 나에게 힘을 줄 텐데.

가만, 내가 또 언제 힘들었더라.
그렇게 고통스러운 날을 견디고 있는 내게로
매일매일 전화를 걸어서
밥은 먹었니? 오늘은 좀 어때?
힘들어 죽을 것만 같아도
지나고 보면 아무것도 아니더라고.
그러니까 괜찮아, 다 괜찮아.

이렇게 다독여 줄 수 있을 텐데.

나의 닻을 나는 모르고

통영에서 배를 빌려 바다로 나갔다.
배를 타고 조금만 가면 사람이 살지 않는 섬들이 있는데
작은 섬과 섬 사이에 있는 양식장 아래로
긴 닻줄이 가라앉아 있다는 것을
거기에서 배를 묶어 본 사람들은 안다.

배에 있는 긴 갈고리로 잠긴 닻줄을 끌어올려
배를 묶어놓으면 배는 더 이상 배가 아니라
아무 곳으로도 떠내려가지 않는 섬이 된다.

그날, 그 섬에 앉아 생각했다.
세상엔 단 하루도 파도가 멈춘 날이 없고
단 하루도 멀미가 멈춘 날이 없어서
세상은 바다와 다를 바 없구나.
잠시라도 멈추면
세상은 나를 저 먼 세상으로 밀어내어

한시도 노를 젓지 않고 살 수가 없어서
세상은 파랑이 이는 바다와 다를 바 없구나.

세상은 마치
가만히 서 있으면 푹푹 발이 잠기고 마는
물이 빠진 갯벌을 닮아서
그 무른 땅 위에선 쉬지 않고 걸어야만 하는구나.
쓰러지면 곧바로 가라앉고 마는 바다처럼
고된 몸으로, 사람은 쓰러질 수도 없는 거구나.
이렇게 생각하면서 나는
넓은 바다에서 오래 출렁거리고 있었다.

그때 나는 조금 알게 되었다.

세상이 바다와 같고 내가 배와 같다면
배처럼 나에게도 무거운 닻이 있으리라는 것을.
닻이 배와 한 몸이듯 나의 닻도 내 몸의 일부라서
닻을 지고 사는 삶이 늘 무거울 수밖에 없다는 것을.

그리고 나는 또 알게 되었다.
짊어진 무게가 너무 버거워 멈추어 쉬고 싶은 날엔

그 자리에 그냥 닻을 내려놓으면 된다는 것을.
그러면 훨씬 가벼워지고 닻을 내린 배가 그런 것처럼
나는 하나도 흔들리지 않으리라는 것을.

거기 멈춘 채로
어디로도 쓸려가지 않는다는 것을.

박수받아 마땅한 날

페이스북에 알림이 떴다.
그리 가깝지 않은 지인의 생일 소식이었다.
축하 메시지를 남길까 싶었지만 바쁜 아침이었고,
귀찮기도 해서 그냥 지나쳤다.

정신없는 하루를 보내고
침대에 누워 핸드폰을 만지작거리다가
생일을 맞은 사람이 페이스북에 올려 둔 글을 보았다.

축하해주신 모든 분께 감사!
나 홀로 Birthday Party!

조각 케이크를 든 채 혼자 찍은 사진을 보고
그의 타임라인에 들어가 보았는데, 아니나 다를까
달랑 한 개의 축하 메시지만 덩그러니 놓여 있었다.

축하한다는 말 한마디가 뭐라고
나는 그 말을 아꼈던 걸까.
갑자기 얼굴이 화끈거려서 얼른
그의 담벼락에 늦은 축하 인사를 남겨 두었다.

어떤 부족은
나이를 먹는 일이 즐거운 일은 아니라서
생일은 조용히 넘어간다고 하는데
사실 생일을 맞은 이에게 우리가 건네는
축하의 의미는 다른 데 있어야 한다고 믿는다.

그 축하는
한 해를 살아 내느라 고생한 날들에 대한 박수며
또 한 해 살아갈 날들에 대한 응원이다.

호락호락하지 않은 생을
꿋꿋하게 견디며 살아내는 우리에게
생일이야말로 박수받아
마땅한 날이 아닐까.

가려진 얼굴

복면가왕이라는 프로그램이 인기다.
가면 뒤에 얼굴을 숨기고 오직 노래 실력으로만 우열을
가리는데 그 프로그램에서 출연자가 쓰고 나오는 가면은
'인기'라는 계급장을 떼고 맨얼굴로 경쟁할 수 있게
도와주는 가장 중요한 역할을 한다.

그러니까 진짜 모습을 보이기 위하여 가면을 써야 하는 일.
이 아이러니한 상황을 어떻게 설명해야 할까.
가려진 모습을 보여주기 위해 가면으로 가려야 하는
이 이해되지 않는 일을 어떻게 설명해야 할까.
답은 간단하다.

우리는 보이는 것이 아니라 보았던 것을 보려 하니까.
누군가가 새로운 모습을 보이면
그 모습 그대로가 아닌 어제의 모습을 먼저 떠올리고
오늘의 모습과 비교하려 하니까.

무언가 새로운 모습을 보여주기 위해선
다른 얼굴로 서지 않으면 결코 보여줄 수 없으니까.
그게 사람에 대한 우리의 한없이 좁은 생각이니까.

복면가왕에서 출연자가 쓰고 있던 가면을 벗으면
진행자와 방청객들은 소스라치게 놀란다.
저 사람에게 저런 면이 있었냐는 식이다.
자신의 진모를 보고 손뼉을 쳐 준 사람들 앞에서
꼭 한번 이런 무대에 서고 싶었다고 말하는
출연자의 눈물을 나는 몇 번이나 보았다.

우리에게 진짜 얼굴이란 게 있기나 할까.
내가 알고 있는 사람에 대하여 나는 얼마나 알고 있을까.
심지어 사물도 다른 각도에서 보면 달라 보이는데
하물며 사람을, 하물며 사람의 이름을
우리는 왜 그토록 하나의 틀 안에 가둬두고 있을까.

에스컬레이터 위에서

세상엔 참 신기한 물건들이 많다.
내겐 그중 하나가 에스컬레이터다.
없던 계단이 바닥에서부터 생겨나서
차곡차곡 앞의 계단을 밀어 올리고 있는
그 숭고하고 고된 움직임을 보고 있자면
감히 올라서기가 미안할 지경이다.

우리 사는 일이 그것과 똑 닮았다.
저 밑바닥에서 일어서는 계단처럼
매일매일 생겨나는 새로운 날들이
고된 하루하루를 묵묵히 밀어내고 있는
우리의 일상이 그런 계단과 똑 닮았다.

그래서일까?
에스컬레이터 위에 올라서면
이런 방송도 나온다.

"에스컬레이터 위에서는
뛰거나 장난치지 마시고…"

그러니까
진지하고 묵묵하게 오르라는 말이다.
어제를 오늘이 밀고, 오늘은 내일을 밀어주면서
차곡차곡 묵묵하게 살아내라는 말이다.

사는 일은 어딘가 올라서는 일이고
그렇게 묵묵히 오르고 오르다 보면
어느새 닿게 되리라는 말이다.

노인과 허리띠

할아버지 한 분이
허리띠를 뭉치로 들고 전철 가운데 섰다.
사람의 중심에 서긴 했으나 관심을 끌지 못하고
허리띠 뭉치는 들어 올렸으나 고개는 들지 못한다.
생에서 한 번도 중심이었던 적이 없던 사람처럼
할아버지는 모기만 한 목소리로 허리띠를 판다.

그 허리띠로 말하자면
100% 소가죽으로 만들었단다.
처음 들어보는 브랜드였지만
유명 백화점이나 홈쇼핑에서만 팔았고
세계 십여 개국에 수출도 했지만
그건 다 왕년의 이야기.
지금은 부도가 나서 할 수 없이
헐값에 파는 거란다.

그러나 허리띠의 이야기는
전철의 소란과 사람의 무관심 속에 묻혀
손님들에게로 번져나가지 못하고
간신히 말문을 연 할아버지는 이내 맥이 풀린다.
할아버지는 끝내 허리띠를 든 채로
할 말을 끝까지 맺지 못하고 우물쭈물 서 있다가
허탈한 웃음을 지으며 사람의 중심에서
사람의 바깥으로 슬그머니 멀어진다.

바깥을 한참 바라보며 서 있던 할아버지는
무슨 결심이라도 한 듯 사람들 사이를 성큼성큼
걸어가 노약자석에 앉는다.

이제 할아버지는 더 이상 왕년에 잘나가던
허리띠를 파는 사람이 아니다.
사람에게 무시당하고 바깥으로 밀려나는 사람도 아니다.
그는 어쩌면 손에 들고 있는 그 허리띠처럼
누구나 잘나가던 왕년은 있고,

살다 보면 몸에 익지 않는 일을 해야만 하는
때도 있다고.

부닥치고, 해보다가 여의찮으면
나처럼 쉬기도 하며 견디는 거라고.

허리 휘는 세상에 홀연히 나타나
삶의 비책을 알려주는 진정한 고수일지도 모른다.

노인과 노인 사이에
있는 듯 없는 듯 할아버지가 앉아 있다.
있는 듯 없는 듯한 허리띠 뭉치를 꼭 안고.

생각의 조각들

블록을 쌓는 아이는 거침이 없다. 일단 쌓고 본다.
내 눈에는 그냥 플라스틱 덩어리로만 보이는데
아이는 다 만든 블록 뭉치를 들고 날아가는 시늉을 한다.
그 괴이한 비행물체는 얼마 안 가서 곧 허물어진다.
시간을 들여, 정성을 들여 쌓은 일은 문제 되지 않는다.
허물어야 또 다른 무엇을 만들어 낼 수 있기 때문이다.
아이는 무언가를 한참 끼우더니 이번엔 밀고 다닌다.
멋진 자동차가 만들어진 것이다.

어른은 지나치게 생각이 많다.
블록을 쌓는 아이처럼 심플하지 못하다.
일단 끼우고 맞추는 아이처럼,
일단 해보는 일에 겁을 낸다.
어른이 되면 실패에 대한 책임을 스스로 져야 하니까.
한 번의 실패가 인생을 돌이킬 수 없게 만들기도 하니까
어떤 일을 하기 전에 꼼꼼하게 생각할 수밖에 없는

혹은 그래야만 하는 어른들의 신중함을
나는 무조건 지지하고 이해한다.

문제는 '완벽'에 가까운 준비를 하고 시작하려는 경우다.
어떤 일이든 완벽한 준비란 없어서
이런 생각을 가진 어른들의 '시작'은
늘 느리거나 아예 없는 경우가 많다.
충분한 검토가 되었음에도 불구하고
더 많은, 더 꼼꼼한 준비에만 몰두하는 어른들.
그들이 진짜 준비하지 못한 건
실행으로 옮기는 결단일 텐데,
시작은 늘 실패에 대한 불안으로 저만치 밀려나 있다.

아이가 비행기와 자동차를 만들 때
머릿속엔 어떤 그림을 그려 놓았을까?
모르긴 해도 아이가 완성한 모양보다는
좀 더 나은 모습이었으리라.
만들다 보니 그 모양과 점점 멀어졌을 테고
하다 보니 비행접시 같은 비행기가 만들어졌고
비쩍 마른 젓가락 같은 자동차가 되었을 것이다.
그러나 아이는 생각한 모양과 다르게 만들어지는

비행기를, 자동차를 버리지 않는다.
끼우고 만들면서 보완하고, 덧대고 빼기도 하면서
현실에 자기의 생각을 맞추어 나가고 결국엔
그 완성품에 생명을 불어넣어 움직이게 만든다.

실패의 불안에 사로잡혀
시작조차 못 하는 겁쟁이 어른들에게
아이는 이렇게 말할지도 모른다.

"생각의 조각을 맞추어 봐요.
꼭 잘할 필요는 없어요.
아니다 싶으면
언제든 허물고 다시 만들면 되니까요."

흐트러진 생각의 조각을 맞춰 봐요
꼭 잘할 필요는 없어요
조각을 맞추는 아이처럼
아니다 싶으면 언제든 허물고
다시 만들면 되니까요

멈추면 보이는 것들

출근해 보니
회사 시계가 두 시 반에 멈추어 있다.
건전지를 언제 바꾸었더라?
생각해 보니 벌써 일 년.
사무실을 처음 연 날
친구가 사다 걸어준 시계였는데
바쁘다는 핑계로 일 년이 넘도록
친구에게 먼저 연락한 적이 없었다.
한 번씩 전화를 걸어와 왜 이렇게 잠잠하냐고
핀잔을 주던 친구에게
짬이 나지 않아서 그렇다고
시간이 나지 않아서 그렇다고
말도 안 되는 핑계만 둘러댔다.

건전지를 사러 가는 길에
친구에게 전화를 걸었더니 무척 반가워한다.

어쩐 일이냐고 어떻게 시간이 나더냐고
너스레를 떠는 친구에게
오늘, 저녁이나 먹자고 했다.

멈추면 비로소 보이는 것이 있다고 했던가.

시계가 멈추니,
시간이 보인다.

미지근함에 대하여

적당한 온도가 좋다.
뜨겁거나 차가운 건 질색이다.
미지근한 물이 좋고
미지근한 바람이 좋다.

미지근함은
차고 뜨거운 두 개의 온도가
가장 잘 섞일 때 만들어지는 최적의 상태다.

겨울에 여름이 섞이면
미지근한 봄이 오고
여름에 겨울이 섞이면
미지근한 가을이 온다.

그 미지근한 봄과 가을이
꽃을 피우고, 열매를 맺게 한다.

'도' 아니면 '모' 여야만 하고
이것 아니면 저것이어야만 하는
이분법적인 세상은 너무 자극적이다.

어떤 결정 앞에서 생각을 망설이는
소위 미적지근한 사람들은
자극적인 세상의 온도와 맞지 않아서
뜨겁고 차가운 사람들 사이에서
자주 데이고, 자주 얼곤 한다.

꼭 섞지 않아도 좋다.
뜨거운 물도 시간이 지나면 미지근하게 식고
차가운 얼음도 시간이 지나면 미지근하게 녹는다.
조금 기다려 주는 것만으로
세상은 훨씬 살기 좋은 온도가 된다.

미지근해서 아무도 데이지 않고
미지근해서 아무도 얼어붙지 않는.

여행은 찾는 것

언제부터
여행을 떠나는 일에
용기가 필요해진 걸까?

일상으로부터
'떠난다'는 말 때문일까?

여행은
떠나는 게 아니라
찾아가는 것일 텐데.

내게 익숙하지 않은
다른 세상을 찾는 것.
내게 익숙하지 않은
잃어버린 나를 찾는 것.

바람의 깊이

외로움을 잘 타는 친구가 있다.
꽤 강한 척, 괜찮은 척하고 다니지만
마음은 바람만 불면 쓰러지는 쭉정이 같은 친구다.

녀석이 뭘 해 먹고살겠나 싶었지만
온갖 허드렛일을 하면서
위험하고 더러운 일을 하면서
죽다 살아나기도 하면서 차곡차곡 일어나
지금은 사옥도 가지고 있는 끈질긴 친구다.

사옥 부지를 사고 잔금을 치러야 할 때
얼마의 돈이 모자라 부지를 날려야 하는 밤
그 빈터에서 혼자 강술을 마시며 울었는데
그 지독한 어둠 속에서 살길이 보이더라고
지금은 웃으면서 말할 수 있는 친구다.

내가 서울에서 일하느라 수년간 만나지 못할 때
출근길에 문득 전화를 걸어 안부를 전하려는데
녀석의 목소리를 듣고 갑자기 울음이 터져버린
적이 있었다. 그런 나에게 아무것도 묻지 않더니
부랴부랴 부산에서 올라와 퇴근 시간 회사 문 앞에서
술이나 마시자고 웃어주던 친구다.

끈질기게 싸우고, 끈질기게 버티고,
끈질기게 살아온 친구가 사옥을 다 짓던 날
나는 술잔을 기울이며 이렇게 말해주고 싶었다.

규성아,
오래전 에어컨 일을 한다는 너의 말을 듣고
시린 바람을 오래 맞더니
어느덧 시린 바람을 다스리게 되었구나 하는 생각을 했다.
시린 바람을 견딘 자가 바람의 깊이를 더 잘 아는 법이니까
그때 이미 나는 너의 성공을 짐작하고 있었다.

너에게서 가끔
쓸쓸한 바람의 냄새가 나는 것도 그래서였을까.

나는 네가 서 있는 그 거친 바람투성이의 세상에서
네가 조금 덜 쓸쓸해지기를
네가 조금 덜 흔들리기를 바라는 마음이 가득하다.
시린 바람에 무른 너의 영혼이 상처 입지 않기를
바라는 마음은 더 간절하다.

나에게 너의 성공이란 그런 것이다.

뭉게뭉게 노는 시간

지금은
구름에 그네를 묶어
뭉게뭉게 노는 시간
마음은 구름처럼
가볍게 하고
드높고 드넓게 노는 시간
깃털처럼 가볍게,
하나도 눈치보지 않고.

나뭇잎이
연두에서 빨강으로 바뀌지 않으면,
겨울이 오기 전에
서둘러 나무를 떠나지 않으면,
나무의 생은 끝나버릴지도 몰라요.

세상엔 살아 내기 위하여
선택해야만 하는 이별도 있죠.
빨강이 떠난 자리에
다시 연두가, 다시 초록이 찾아오는
나무의 생이 그런 것처럼.

걱정 말아요.
앙상한 나무처럼 겨울을 나는
빈털터리 그대.

푸릇푸릇,
싱그러운 봄날의 연두가
곧 당신을 찾아올 거라 나는 믿어요.

물구나무

영화 〈죽은 시인의 사회〉에서
존 키팅 선생님은 책상 위로 올라가 이렇게 말한다.

"사물을 다른 각도에서 보도록 노력해야 한다."

우리는 생각보다 깊은 사고의 틀 안에 갇혀 있다.
우리의 기억 속에 자리 잡은 대부분의 사물은
이미 정해진 모습이 있고, 우리가 만든 틀 안에서
그 모습은 좀처럼 변하지 않는다.

한 대학의 영화학과 학생들에게 강의할 때였다.
강의를 시작하기 전에 나는
커다란 강당을 메우고 있는 학생들에게
강당에 문이 몇 개가 있는지 맞혀 보라고 했다.
학생들은 저마다 문을 세기 시작했고 잠시 후
나는 몇 명의 학생에게 문이 몇 개인지 물었다.

학생들은 약속이나 한 듯 여섯 개가 있다고 말했다.
실제로 문은 여섯 개가 있었지만 나는 틀렸다고 했다.

생각해 보자.
이쪽과 저쪽을 드나들기 위해 틔워 놓은 곳을
문이라 부른다면, 볕이 드나드는 창도 문이고,
바람이 드나드는 틈도 문이고, 작은 벌레가 지나다니는
보이지 않는 모든 공간 또한 문이 아니겠는가.
그러나 학생들이 세었던 문은 사람만 오가는
문짝이 달린 그것에 한정되어 있었다.
이건 문의 입장에서 얼마나 서운할 일이겠는가.

사물의 입장이 되어보는 일은 그리 어렵지 않다.
키팅 선생의 말처럼
조금 다른 각도에서 사물을 보면 된다.
그러면 보이지 않는 사물의 다른 모습이 활짝 드러난다.

"사물을 다른 각도에서 보도록 노력해야 한다."

이 문장에서 '사물'을 '사람'으로 바꾸어 읽어 보자.

"사람을 다른 각도에서 보도록 노력해야 한다."

우리가 사물을 틀 안에 가두고 있는 것처럼
사람 또한 자기만의 틀 안에 가두고 산다.
맥주병에도 꽃을 꽂으면 꽃병이 되는데
하나의 이름이 그 이름 이상의 것이 되지 못한다면
사람의 입장에서 이보다 서운한 일이 또 있을까.

뒤집어 보고, 바꾸어 보아야 한다.
그것이 사람이 사람을, 사람답게 이해하는
가장 바람직한 시선은 아닐까.

관계의 소란

지금 생각해 보면 아무 문제도 아닌데
그땐 뭐가 그리도 큰일이었던지,
직장 동료와 사소한 일로 말다툼하고
하루 종일 찜찜한 마음으로 일하다
퇴근하던 날이었다.

환승역과 가까운 쪽에서 내리기 위해
전철 안을 걸어 다음 칸으로 건너갈 때였는데
발밑에서 들려오는 시끄러운 소리가 신경을 긁었다.

끼이익- 끼이익

듣기 싫은 그 소리에 얼른 건너가서 문을 닫았다.
소리는 닫힌 문 너머에서 조금 둔하게 들려왔으나
멈춤이 없었다.

나는 문에 기대어
그칠 줄 모르는 소리의 출처를 생각했다.
그 쇠 긁히는 소리는 아무래도
이 칸과 저 칸을 물고 있는 고리에서 나는 듯했다.

고리, 그래 고리가 원인이었다.
물려 있지 않으면 들려오지 않을 소리.
연결된 관계에서만 들려오는 건강한 고리의 소리.

관계의 소란이란 이런 걸까?
나와 그 동료가 무엇으로든 연결되어 있지 않았다면
우리가 일로 다툴 일이 있었을까?
이 칸과 저 칸이 그렇듯 서로
다른 칸에서 살던 우리가 하나로 이어져
같은 목적지로 가는 길에 그 정도 소란도 없을까.

이어져 있는 것에는 고리가 있고
튼튼하게 맞물린 세상의 모든 고리에선 소리가 난다.
관계 속에서의 대치와 갈등, 거기서 나는 소란은
그래서 너무도 당연한 일이다.

고리에서
아무런 소리가 들려오지 않는 이유는
단 하나, 끊어져 있을 때뿐이다.

모든 고리에서는 삐걱대는 소리가 나죠
그건 아주 견고하게 연결되어 있다는 말이니까
너무 심각하게 생각하지 말아요
진짜 문제는 연결된 고리에서
아무런 소리도 들리지 않을때니까요

그라모 내보고 이거를 다 우짜라고

출근길 전철역, 한 아주머니가
혼자 들기엔 버거워만 보이는 보따리들을 바라보며
누군가와 통화를 하고 있었다.
무슨 영문인지, 전화기 저편의 사람은 오려 하지 않고
아주머니는 발만 동동 구르며 통사정하고 있었다.
그러다 여의찮았던지 아주머니는 소리를 치셨다.

"그라모 내보고 이거를 다 우짜라고!"

앙칼지게 터져 나오는 아주머니의 절규가
그러지 말고 제발 이리 좀 와달라는 애원으로 들려서
통화를 엿듣고 싶었던 내 마음은 어느새
참견하고 싶은 마음으로 바뀌어 있었다.

붐비는 출근길, 스치고 스치는 사람들 사이
힘없는 여자가 간절히 기다리는 사람은 와야만 하고
그이는 도무지 오지 않을 것만 같아서

"아주머니, 이 짐 제가 좀 들어 드릴까요?"

결국 참견하고 마는 아침이었다.

"즈그 아부지가 고마 이래 놓고 갔다 아입니꺼.
만날 이래 짐이다, 짐..."

무거운 짐 좀 나누어 들고 가자고
남자에게 매달리고 매달리다 결국, 낯선 남자 앞에서
하염없이 눈물을 쏟고야 마는 여자라니.

억척스럽게 살아온 날들이 고작
보따리 몇 개에 무너졌을까.
평생, 서방이 부려놓은 짐들이나 치우면서
걷고 걸었을 언덕진 길들이, 그 굽이진 날들이
한꺼번에 무너져 목구멍에 걸린 탓이었으리라.

내가 부려놓은 짐들을 거두고 거두어 가면서
"그라모 내보고 이거를 다 우짜라고!"
수천 번은 넘어왔을 이 한마디를 끝내 삼키고
묵묵히 함께 걸어 준 아내가 떠올라서,
아주머니의 한탄이 내게 하는 소리만 같아서, 나는
다른 남자가 부려놓은 보따리들을 들고 말없이 걸었다.

그런 때가 있다.
이름도 모르는, 얼굴도 모르는 남자를 생각할 때가.
그도 사정이 있었으리라,
어쩌면 그는 이미 오래전에 그의 짐에 무너져 버렸으리라,

보따리 하나 들 힘도 없이, 무능하게 주저앉고 만 사정이
그에게도 있었으리라.

이렇게 생각하면서 무거운 짐을 들고
남자도, 아주머니도, 아내도, 나도 위로하며 걷는

그런 때가 있다.

세상에 낚이는 이유

햄버거와 콜라 가격은 6,100원이다.
감자 프라이 하나 가격은 2,200원이다.
하지만 햄버거와 콜라를 사면서 400원만 더 내면
2,200원짜리 감자 프라이를 함께 먹을 수 있다.
이 희한한 계산법에 홀려 햄버거를 살 때마다
잘 먹지도 않는 감자 프라이를 함께 주문한다.

홈쇼핑을 보고 있으면
마감이 임박했다는 소리를 자주 듣는다.
필요도 없는 물건 옆에 마감 임박이라는 자막이 뜨면
나의 구매욕은 불타오르고 없던 필요성마저 만들어 낸다.
아니 처음부터 내 것이 아니었던 그 물건을
마치 남에게 몽땅 빼앗기는 것만 같아서
나는 전화기를 들고 이름을 부르기 시작한다.

내가 무엇 때문에 혹하는지 나는 모른다.
다만 확실한 것은 나도 모르는 나를
세상은 나보다 더 잘 알고 있다는 점이다.
내가 어떤 말과 어떤 행동에 관심을 보이는지
그 미끼를 수천 개의 바늘에 꿰고 세상은
내가 가는 곳 어디든 나타나 코앞에서 흔들고 있다.
이러니 내가 덥석덥석 세상에 낚이며 살 수밖에.

사람의 마음을 얻는 일이 그렇다.
아무리 예쁘게 포장하고 매력 있게 다듬어도
그의 마음을 내가 먼저 알지 못하면
그 사람의 마음을 얻는 일은 어려워진다.

어떤 상황인지, 무슨 말을 듣고 싶어 하는지
무엇을 싫어하는지, 무엇을 좋아하는지
그가 가장 소중히 여기는 게 무엇인지 알아야 한다.
우리는 이것을 관심이라 부른다.
관심이 있어야 마음이 보이고
관심이 사람을, 관심이 사랑을 부른다.

네가 매번 세상에 낚이는 이유는
세상은 네가 좋아하는 걸
꿰뚫고 있기 때문이야.
누군가의 마음을 얻고 싶다면
그가 가장 소중히 여기는 게
무엇인지 생각해 봐.

연탄 두 장

전봇대 옆에
하얗게 타고 남은 연탄재 두 개가 놓여 있습니다.
이 골목 어귀에도 아직 연탄을 때는 집이 있나 봅니다.
연탄이 하얗게 바랬다는 말은, 지난밤
누군가의 방을 따뜻하게 데워주었다는 말이겠지요.

내가 살던 집 부엌에는
연탄 오십 장을 쌓을 수 있는 작은 공간이 있었고
그 옆엔 쌀을 부어 두는 희디흰 쌀통이 있었습니다.
그 자리에 쌀과 연탄이 함께 가득 찬 적은 없어서
엄마는 연탄이 떨어지면 쌀을 연탄으로 바꾸어 오고
쌀이 떨어지면 연탄을 쌀로 바꾸어 오곤 하셨습니다.
그 시절, 내가 아는 연탄은 그렇게
어떤 날은 불이 되었다가, 어떤 날은 밥이 되기도 하는
전지전능한 물건이었죠.

하루는 연탄과 쌀이 함께 떨어진 날이 있었습니다.
쌀로 연탄을 살 수 없고, 연탄으로 쌀도 살 수 없던 날
엄마는 조용히 나가시더니 연탄 두 장을 구해 오셨습니다.
배가 고팠던 나는 왜 쌀이 아니라 연탄이냐고 칭얼댔지만
엄마는 아무런 말씀도 하지 않으신 채 묵묵히
꺼져가는 연탄 위에 새 연탄을 올려놓았습니다.

나도 그랬을 거예요.
한 끼 굶는 일보다 언 몸으로 하얗게 밤을 지새운다는 것이
얼마나 시린 일인지, 우리는 잘 알고 있으니까요.

연탄과 다이아몬드가 같은 탄소로 이루어져 있다는
이야기를 들은 적 있습니다.
물론 물질의 구조는 다르겠지만
연탄이 압력을 더 참고 견디면 다이아몬드가 된다는,
그래서 삶의 압력을 더 인내하면 보석이 될 수 있을 거라는
이야기도 들은 적 있습니다.

그러나
서랍 속의 보석보다
연탄의 온기가 당장 필요한 사람에겐

골목 한쪽에 버려진 희디흰 연탄재가
다이아몬드보다 더 눈부시게 보이기도 합니다.

때때로 연탄 같은 온기를 가진 사람이
보석보다 빛나 보이기도 하고
세상의 절반은 그런 이들의 온기로 데워지곤 합니다.

골목 한쪽에 하얗게 바래버린 연탄재 두 장이
꼭 붙어 있습니다. 거기서 전해지는 온기로
겨울 속에서 봄을 만난 듯했습니다.

상처의 냄새

얼굴이 빨간 사람들이
전철을 가득 메우고 이야기를 풀어내는 밤이었다.
2차, 3차에서까지 끝내지 못한 이야기가 막차까지 이어져
전철 안은 그야말로 술 없는 술집 같았다.

옆에 서 있던 중년의 사내는
함께 있는 사람에게 꼬박꼬박 부장님이라고 불렀다.
그의 나직한 목소리는
시차가 다른 나라에서 걸려 온 딸의 전화를 받을 때
씩씩한 아버지의 목소리로 금세 바뀌었다.
딸의 전화를 끊고 빨간 얼굴 가득 번진
그 사내의 미소에서 짙은 술 냄새가 났다.

등 뒤에 선 사람 둘은 서로를 선생님이라 불렀다.
얼큰하게 취한 듯한 선생님들은 복지 이야기를 했다.
나는 귀를 쫑긋 세우고 그들의 이야기를 엿들었는데

두 선생님은 나라의 복지와 개인의 복지를 염려했다.

"이 땅에 배고프지 않은 복지사가 있을까요."

체념 섞인 물음을 던지던 한 선생님의 한숨 끝에도
짙은 술 냄새가 묻어 있었다.

어쩌면 그건
술 냄새가 아니었을지도 모른다.
모든 상처에선 냄새가 나는 법이니까.
우린 모두 그런 상처 한 두 개씩은 안고 사니까.
어쩌면 그 냄새는 그날 분의 상처를 닦아낸
소독 냄새였는지도 모른다.

남은 날들은 그랬으면 좋겠다.
부장님을 받들어 모시던 기러기 아빠와
자발적으로 가난을 택하셨다는 복지사 선생님들과
이 글을 읽는 당신의 상처가 모두 사라져
남은 날들은 아름다운 향기만 났으면 좋겠다.

쓸모에 대하여

여자가 쓰레기통을 뒤지고 있다.
버려진 쓰레기 더미에서 여자는
아직 쓸모가 남아 있는 물건을 찾는 중이다.
나는 부디 쓰레기가 된 것들 사이에서
아직은 쓸모가 있는 그 무엇이 건져지기를 바랐다.

잠시 후
여자는 쓰레기통 깊숙한 곳에서
담배꽁초 하나를 찾아냈다.
여자로 인해 그 꽁초는
쓸모를 다한 쓰레기에서
다시 몸을 불사르고,
채 피우지 못했던 연기를 다시 피워 낼
성한 담배로 되살아난 것이다.

언젠가 사랑하는 사람과 이별하고

그와 나누었던 사랑의 기억과
그에게 받은 사랑의 징표들을
모두 쓰레기통에 버렸다는 사람에게
사랑이라는 것이 버려서 버려지는 것인지
묻어버린다고 묻히는 것인지
물었던 기억이 났다.

묻어도 천 년은 썩지 않는 물건들과
묻어도 천 년은 썩지 않는 사랑들이
너무 쉽게 소비되고, 버려지고 있는 요즘.

여자가 건져 올린 담배꽁초처럼
쓸모를 다하지 못하고 버림받은
세상의 모든 성한 것들이
어서 건져지기를 나는 바랐다.

사람을 살피는 말

가까운 사람이 고민이 있다고 했다.
자기는 말을 잘하는 사람이 부럽단다.
이상하게 자기가 하는 말은
사람들 사이를 빙빙 돌기만 할 뿐
그들의 이야기와 섞이지 못한다고,
사람과 사람 사이에서 자기는 늘
빙글빙글 도는 것만 같다고 했다.

내가 보기엔 그는 말을 잘하는 사람이다.
다만 그는 관계 속에서 필요한 '관계어'를
모르는 것 같아서 살짝 일러주었다.

'관계어'는 그냥 내가 지어낸 말이지만
그렇다고 완전 없는 말은 아니다.
국어에서 관계어란 어떤 말의 뒤에 가만히 붙어
그 말을 살려내는 '조사'의 다른 말인데

내가 말한 '관계어'는 그것과 조금도 다르지 않다.

당신이 옳다고 믿어요.
당신도 옳다고 믿어요.

이 두 문장은 그저 한 글자만 다르지만
글자 하나로 인해 글의 의미는 완전히 뒤바뀐다.
이처럼 세상에는 있는 듯 없는 듯
가만히 붙어 있지만 없으면 와르르 무너지고 마는
말이 있다.

꼭 사람들 앞에 나서서 많은 말을 하지 않아도 좋다.
사람이 하는 말을 잘 듣고,
그 말을 가만히 살려주는 사람이 대화를 깊게 만든다.

말 앞에 나서지 않고 조사처럼
말 뒤에서 가만히 말을 살피는 말.
그런 말이 문장과 문장의 관계를 좋게 만들 듯
사람과 사람의 관계를 좋게 만들어 줄 것이라고,
당신이 그런 말을 가진 사람이 되면
더 이상 사람과 사람 사이에서 겉돌지 않을 거라고 했다.

말 뒤에 붙는 그 짧은 토시 하나가
사람의 말문을 열게 하고 마음을 열게 할 거라고
관계 속에서의 호감은 말을 잘하는 사람이 아니라
말을 잘 들어주는 사람에게 더 느끼는 법이라서
나는 그에게 많은 말을 가지기 전에
사람의 말을 살피는 '관계어'를 가질 수 있기를 바란다고
말해 주었다.

195

저만치에서
팽팽하게 나를 당겨주지 않았다면
나는 이렇게 날고 있지 못할 거예요.

그런 거예요.
나에게 있어, 당신은.

삶의 정석

스물두 살 무렵
바둑을 배우고 싶어 무작정 기원을 찾았다.
연세가 지긋하신 원장님이 기력을 확인하시더니
바둑의 정석부터 배워야겠다고 말씀하셨다.

원장님은 내게 바둑판의 한 지점을 가리키면서
거기에 돌을 놓아 보라고 하셨다.
나는 아무 생각 없이 그곳에 돌을 놓았고
원장님은 그 옆에 돌을 놓았다.
그렇게 우리는 번갈아 가며 몇 개의 돌을 놓았고
바둑판 위엔 그럴싸한 진영이 갖춰져 있었다.

바둑 역사를 통틀어 수없이 많은 수가 나왔는데
방금 놓았던 그 수들이 서로 가장 손해를 덜 보고
사이 좋게 실리를 나누어 가지는 효과적인 수라서
'정석'이라 불린다고 하셨다.

두어 달이 지난 어느 날,
원장님은 약속된 곳이 아닌 다른 곳에 돌을 놓았다.
실수하셨나 싶어 나는 잘못 두신 거냐고 물었는데
아니란다. 오늘은 여기가 좋겠다며
그냥 놓아 보라고 하셨다.
그러나 나는 다음 착수를 하지 못했다.
내 수로는 도무지, 정석을 벗어난 그 한 점의 돌을
감당해 낼 자신이 없었기 때문이었다.
어쩔 줄 몰라 하는 내게 원장님은 이렇게 말해 주셨다.

"정석을 알았다면, 정석을 잊어야 한다."

난생처음 듣는 말이었고, 그래야 할 이유도 몰랐지만
나중에 알고 보니 이 말은 유명한 바둑 격언이었다.
그저 정석은 가장 합리적인 수일 뿐이고 매번 변화하는
상대의 착수에 제대로 응수하기 위해서는
정석의 수순은 잊고 상대의 수에 맞추어
대응할 줄 알아야 한다는 말씀이었다.
정석을 벗어나야 가장 현실적인 응수가 나온다는 말을
스물두 살, 담배 연기 자욱한 기원에서 나는, 익혔다.

그로부터 세월이 한참 흐른 지금
세상의 한가운데서 삶의 정석을 생각한다.

삶에도 가장 효율적인 정석이 있을까?
어떻게 살면 서로서로 실리를 챙기면서
서로가 불만 없는 삶을 살 수 있을까?

내가 아는 세상은 마치 시소만 같아서
모두가 만족할 만한 평행은 찾아보지 못했다.
이쪽이 올라가면 저쪽이 내려가고
이쪽이 내려가면 저쪽은 올라가기만 했다.
한쪽이 이기면 한쪽은 반드시 지는
치열한 치킨게임 속에서
우리는 오직 이기기 위하여 싸우느라 분주하다.

아생연후살타!(我生然後殺他)
나부터 살고 상대를 공격하라는 또 다른 바둑 격언.
인생의 축소판이라는 바둑에서도 남과 싸우기 전에는
먼저 나의 안정부터 살피라고 했는데
우리는 나의 안정을 챙길 겨를도 없이 싸워야만 하는
씁쓸한 경쟁의 삶을 살고 있다.

이겨야만 해서 가격을 내리고,
살기 위해서 가격을 내리는
어쩔 수 없는 구멍가게들이 우리 곁엔 얼마나 많은가.

그래서 지는 자는 모든 것을 잃어버리기 일쑤고
이기는 자도 그리 큰 실리를 얻지 못하는,
모두가 가난한 속수를 두면서
속수무책으로 사는 이들이 얼마나 많은가.

가끔 이런 생각을 한다.
바둑의 정석처럼 이 세상에도 싸움 없이
모두가 행복한 실리를 챙기는 유토피아가 있었으면 하는.
이 쓸쓸한 세상을 떠도는 일이 그런 유토피아를
찾는 여정이라 한다면
그것만으로도 얼마나 힘이 되는 일일까 하는.

때때로 나는 내가 낯설어

몸이 말을 듣지 않아.
손톱은 나도 모르는 사이 자라고
몸은 여기저기 나를 끌고 다니고
그 덕에 나는 지치지 않는 날이 없어.

아무래도 나는
내 몸의 주인이 아닌 거 같아.
그냥 손톱이나 깎아 주면서
머리나 감겨 주면서
몸에 얹혀사는 것만 같아.

마음도 그래.
내 마음을 내가 알지 못하고
내 마음을 내가 붙잡아 두지 못하고
내 마음이 어디로 가는지
내가 알지 못하는 걸 보면

아무래도 나는
내 마음의 주인이 아닌 것 같아.
그냥 술이나 먹여 주면서
눈물이나 닦아 주면서 나는
내 마음에 얹혀사는 것 같아.

때때로 외로워지는 것도
사람들 때문이 아니라
나를 조그맣게 만드는,
나를 낯설게 만드는,
감당할 수 없는
나 때문인지도 몰라.

관계의 거리

나와 모니터와의 거리는 약 60cm.
이 거리를 넘으면 눈이 불편해진다.
조금 멀다 싶어 앞으로 당겨 놓으면
곧 눈이 피곤해지고, 눈이 불편해서
멀찌감치 뒤로 밀어 놓으면
곧 화면이 불편하게 보인다.

관계에도 이런 거리가 있다.
멀어지면 아쉽고, 다가서면 불편한.
이 거리를 잴 수 있는 도구란 없어서
사람은 사람과의 관계를 감으로 잴 뿐이다.

2

감이 좋은 사람은 서로와의 적당한 거리를 알고
그 거리에 관계의 보폭을 맞출 줄 알지만
감이 좀 떨어지는 사람은
너무 멀리 떨어져 있다가 아주 멀어져 버리고
너무 가까이 다가가려다 아주 멀어져 버리곤 한다.

조금 서글픈 이야기겠으나

가깝지도 멀지도 않게 서로를 대하는 것
이것이 관계를 지속시키는 가장 현명한 방법이다.

관계의 거리를 잴 수 없는 경우는 딱 두 가지.
서로의 거리가 너무 멀어 잴 수 없거나
서로의 거리가 너무 가까워 잴 필요가 없거나.

신춘문예 당선 소감에서 나는
소외되고 침묵하는 모든 것들의
입이 되겠다고 말했다.

이 지리멸렬한 세상에 지쳐
더 이상 쓸쓸함을 말하지 않는
세상의 모든 가여운 이들의
입이 되고 싶었다.

그래서 그들에게
침묵만이 희망이 아니라는 것을
말해주고 싶었다.

아프면 아프다고 말해야 한다.
힘들면 주저앉고, 쓸쓸하면 울어야 한다.
그러는 사이 겨울은 간다.

바야흐로 봄이다.
활짝 피어라, 그대.

흔들리는 날에
흔들리는 나를

초판 1쇄 발행 2024년 5월 2일

지은이 서영식

펴낸이 천나미
책임편집 서지민

일러스트 & 캘리그라피 좋아한多
디자인 천나미   **사진** 변동환

펴낸곳 JINDAM
출판등록 2024년 2월 5일 제 333-2023-000008호
주소 부산광역시 해운대구 센텀중앙로66 센텀T타워 401호
문의 1522-3728
이메일 kymca33@naver.com

ISBN 979-11-986547-1-7